①

国学风骨 传世经典 · 季羡林

月是故乡圆

季羡林 著

漓江出版社

图书在版编目（CIP）数据

月是故乡圆 / 季羡林著. —桂林：漓江出版社，2014.9
ISBN 978-7-5407-7297-0
Ⅰ. ①月…　Ⅱ. ①季…　Ⅲ. ①散文集－中国－当代
Ⅳ. ① I267
中国版本图书馆 CIP 数据核字（2014）第 210501 号

月是故乡圆

作　　者　季羡林
责任编辑　庞俭克　申　晶
封面设计　石绍康
责任监印　周　萍

出 版 人　郑纳新
出版发行　漓江出版社
社　　址　广西桂林市南环路 22 号
邮　　编　541002
发行电话　0773-2583322　010-85893192
传　　真　0773-2583000　010-85890870
电子信箱　ljcbs@163.com
网　　址　http://www.Lijiangtimes.com.cn
　　　　　http://www.Lijiangbook.com
印　　制　北京大运河印刷有限责任公司
开　　本　880 × 1230　1/32
印　　张　6.375
字　　数　127 千字
版　　次　2014 年 9 月第 1 版
印　　次　2014 年 9 月第 1 次印刷
书　　号　978-7-5407-7297-0
定　　价　32.00 元

目录

第一辑：在他乡

寻　梦 ……………………………………3
重返哥廷根 ………………………………6
二年生活 …………………………………15
在饥饿地狱中 ……………………………20
烽火连八岁　家书抵亿金 ………………25
我的女房东 ………………………………30
留在德国的中国人 ………………………38
二战心影 …………………………………43
一个抱小孩子的印度人 …………………50
塔什干的一个男孩子 ……………………55
星光的海洋 ………………………………64
中餐与西餐 ………………………………68
负笈德意志 ………………………………70

第二辑: 归故里

母与子 ……………………………………87
我的童年 ……………………………………98
晨　趣 ……………………………………108
月是故乡明 ……………………………………111
我爱北京的小胡同 ……………………………………114
赋得永久的悔 ……………………………………117
我的家 ……………………………………124
九十述怀 ……………………………………128
寸草心 ……………………………………138
一个老知识分子的心声 ……………………………………147
百年回眸 ……………………………………154
忆念荷姐 ……………………………………157
我的中学时代 ……………………………………161
怀念母亲 ……………………………………171
我和北大 ……………………………………175
漫谈北大派和清华派 ……………………………………181
中国的民族性 ……………………………………184
温馨，家庭不可或缺的气氛 ……………………………………186
几件小事 ……………………………………189
关于日本的一些回忆 ……………………………………193

第一辑：在他乡

寻　梦

夜里梦到母亲，我哭着醒来。醒来再想捉住这梦的时候，梦却早不知道飞到什么地方去了。

我瞪大了眼睛看着黑暗，一直看到只觉得自己的眼睛在发亮。眼前飞动着梦的碎片，但当我想把这些梦的碎片捉起来凑成一个整体的时候，连碎片也不知道飞到什么地方去了。眼前剩下的就只有母亲依稀的面影……

在梦里向我走来的就是这面影。我只记得，当这面影才出现的时候，四周灰蒙蒙的，母亲仿佛从云堆里走下来。脸上的表情有点同平常不一样，像笑，又像哭。但终于向我走来了。

我是在什么地方呢？这连我自己也有点弄不清楚。最初我觉得自己是在现在住的屋子里。母亲就这样一推屋角上的小门，走了进来。橘黄色的电灯罩的穗子就罩在母亲头上。于是我又想了开去，想到哥廷根的全城：我每天去上课走过的两旁有惊人的粗的橡树的古旧的城墙，斑驳陆离的灰黑色的老教堂，教堂顶上的高得有点古怪的尖塔，尖塔上面的晴空。

然而，我的眼前一闪，立刻闪出一片芦苇，芦苇的稀薄处还隐隐约约地射出了水的清光。这是故乡里屋后面的大苇坑。于是我立刻觉得，不但我自己是在这苇坑的边上，连母亲的面影也是在这苇坑的边上向我走来了。我又想到，当我童年还没有离开故乡的时候，每个夏天的早晨，天还没亮，我就起来，沿了这苇坑走去，很小心地向水里面看着。当我看到暗黑的水面下有什么东西在发着白亮的时候，我伸下手去一摸，是一只白而且大的鸭蛋。我写不出当时快乐的心情。这时再抬头看，往往可以看到对岸空地里的大杨树顶上正有一抹淡红的朝阳——两年前的一个秋天，母亲就静卧在这杨树的下面，永远地，永远地。现在又在靠近杨树的坑旁看到她生前八年没见面的儿子了。

但随了这苇坑闪出的却是一枝白色灯笼似的小花，而且就在母亲的手里。我真想不出故乡里什么地方有过这样的花。我终于又想了回来，想到哥廷根，想到现在住的屋子，屋子正中的桌子上两天前房东曾给摆上这样一瓶花。那么，母亲毕竟是到哥廷根来过了，梦里的我也毕竟在哥廷根见过母亲了。

想来想去，眼前的影子渐渐乱了起来。教堂尖塔的影子套上了故乡的大苇坑。在这不远的后面又现出一朵朵灯笼似的白花。在这一些的前面若隐若现的是母亲的面影。我终于也不知道究竟在什么地方看到的母亲了。我努力压住思绪，使自己的心静了下来，窗外立刻传来潺潺的雨声，枕上也觉得微微有寒意。我起来拉开窗幔，一缕清光透进来。我向外怅望，希望发现母亲的足踪。但看到的却是每天看到的那一排窗户，现在都沉在静寂中，里面的梦该是甜蜜的吧！

但我的梦却早飞得连影都没有了，只在心头有一线白色的微痕，蜿蜒出去，从这异域的小城一直到故乡大杨树下母亲的墓边；还在暗暗地替母亲担着心：这样的雨夜怎能跋涉这样长的路来看自己的儿子呢？此外，眼前只是一片空濛，什么东西也看不到了。

天哪！连一个清清楚楚的梦都不给我吗？我怅望灰天，在泪光里，幻出母亲的面影。

重返哥廷根

我真是万万没有想到，经过了三十五年的漫长岁月，我又回到这个离开祖国几万里的小城里来了。

我坐在从汉堡到哥廷根的火车上，我简直不敢相信这是事实。难道是一个梦吗？我频频问着自己。这当然是非常可笑的，这毕竟就是事实。我脑海里印象历乱，面影纷呈。过去三十多年来没有想到的人，想到了；过去三十多年来没有想到的事，想到了。我那一些尊敬的老师，他们的笑容又呈现在我眼前。我那像母亲一般的女房东，她那慈祥的面容也呈现在我眼前。那个宛宛婴婴的女孩子伊尔穆嘉德，也在我眼前活动起来。那窄窄的街道、街道两旁的铺子、城东小山的密林、密林深处的小咖啡馆、黄叶丛中的小鹿，甚至冬末春初时分从白雪中钻出来的白色小花雪钟，还有很多别的东西，都一齐争先恐后地呈现到我眼前来。霎时，影像纷乱，我心里也像开了锅似的激烈地动荡起来了。

火车一停，我飞也似的跳了下去，踏上了哥廷根的土地。忽然有一首诗涌现出来：

少小离家老大回，
乡音无改鬓毛衰。

儿童相看不相识，

笑问客从何处来。

怎么会涌现这样一首诗呢？我一时有点茫然、懵然。但又立刻意识到，这一座只有十来万人的异域小城，在我的心灵深处，早已成为我的第二故乡了。我曾在这里度过整整十年，是风华正茂的十年。我的足迹印遍了全城的每一寸土地。我曾在这里快乐过，苦恼过，追求过，幻灭过，动摇过，坚持过。这一座小城实际上决定了我一生要走的道路。这一切都不可避免地要在我的心灵上打上永不磨灭的烙印。我在下意识中把它看作第二故乡，不是非常自然的吗？

我今天重返第二故乡，心里面思绪万端，酸甜苦辣，一齐涌上心头。感情上有一种莫名其妙的重压，压得我喘不过气来，似欣慰，似惆怅，似追悔，似向往。小城几乎没有变。市政厅前广场上矗立的有名的抱鹅女郎的铜像，同三十五年前一模一样。一群鸽子仍然像从前一样在铜像周围徘徊，悠然自得。说不定什么时候一声呼哨，飞上了后面大礼拜堂的尖顶。我仿佛昨天才离开这里，今天又回来了。我们走下地下室，到地下餐厅去吃饭。里面陈设如旧，座位如旧，灯光如旧，气氛如旧。连那年轻的服务员也仿佛是当年的那一位。我仿佛昨天晚上才在这里吃过饭。广场周围的大小铺子都没有变。那几家著名的餐馆，什么“黑熊”“少爷餐厅”等等，都还在原地。那两家书店也都还在原地。总之，我看到的一切都同原来一模一样。我真的离开这座小城已经三十五年了吗？

但是，正如中国古人所说的，江山如旧，人物全非。环境没有改变，然而人物却已经大大地改变了。我在火车上回忆到的那一些人，有的如果还活着的话年龄已经过了一百岁。这些人的生死存亡就用不着去问了。那些计算起来还没有这样老的人，我也不敢贸然去问，怕从被问者的嘴里听到我不愿意听的消息。我只绕着弯子问上那么一两句，得到的回答往往不得要领，模糊得很。这不能怪别人，因为我的问题就模糊不清。我现在非常欣赏这种模糊，模糊中包含着希望。可惜就连这种模糊也不能完全遮盖住事实。结果是：

访旧半为鬼，

惊呼热中肠。

我只能在内心里用无声的声音来惊呼了。

在惊呼之余，我仍然坚持怀着沉重的心情去访旧。首先我要去看一看我住过整整十年的房子。我知道，我那母亲般的女房东欧朴尔太太早已离开了人世，但是房子却还存在。那一条整洁的街道依旧整洁如新。从前我经常看到一些老太太用肥皂来洗刷人行道，现在这人行道仍然像是刚才洗刷过似的，躺下去打一个滚，决不会沾上一点尘土。街拐角处那一家食品商店仍然开着，明亮的大玻璃窗子里面陈列着五光十色的食品，主人却不知道已经换了第几代了。我走到我住过的房子外面，抬头向上看，看到三楼我那一间房子的窗户，仍然同以前一样摆满了红红绿绿的花草，当然不是出自欧朴尔太太之手。我蓦地一阵恍惚，仿佛我昨晚才离开，今天又回家来了。我推开大门，大步流星地跑上三楼。我没有用钥匙去开门，因为我意识到，现在里面住的是另外一家人了。从前这座房子的女主人恐怕早已安息在什么墓地里了，墓上大概也栽满了玫瑰花吧。我经常梦见这所房子，梦见房子的女主人，如今却是人去楼空了。我在这里度过的十年中，有愉快，有痛苦，经历过轰炸，忍受过饥饿。男房东逝世后，我多次陪着女房东去扫墓。我这个异邦的青年成了她身边的唯一的亲人，无怪我离开时她号啕痛哭。我回国以后，最初若干年，还经常通信。后来时移事变，就断了联系。我曾痴心妄想，还想再见她一面。而今我确实又来到了哥廷根，然而她却再也见不到，永远永远地见不到了。

我徘徊在当年天天走过的街头，这里什么地方都有过我的足迹。家家门前的小草坪上依然绿草如茵。今年冬雪来得早了一点。十月中，就下了一场雪。白雪、碧草、红花，相映成趣。鲜艳的花朵赫然傲雪怒放，比春天和夏天似乎还要鲜艳。我在一篇短文《海棠花》里描绘的那海棠花依然威严地站在那里。我忽然回忆起当年的冬天，日暮天阴，雪光照眼，我扶着我的吐火罗文和吠陀语老师西克教授，慢慢地走过十里长街。心里面感到凄清，但又感到温暖。回到祖国以后，每当下雪的时候，我便想到这一位像祖父一般的老人。回首前尘，已经有四十多年了。

我也没有忘记当年几乎每一个礼拜天都到的席勒草坪。它就在小山下面，是进山必由之路。当年我常同中国学生或者德国学生，在席勒草坪散步之后，就沿着弯曲的山径走上山去。曾登上俾斯麦塔，俯瞰哥廷根全城；曾在小咖啡馆里流连忘返；曾在大森林中茅亭下躲避暴雨；曾在深秋时分惊走觅食的小鹿，听它们脚踏落叶一路窸窸窣窣地逃走。甜蜜的回忆是写也写不完的。今天我又来到这里，碧草如旧，亭榭犹新。但是当年年轻的我已颓然一翁，而旧日游侣早已荡若云烟，有的离开了这个世界，有的远走高飞，到地球的另一半去了。此情此景，人非木石，能不感慨万端吗？

我在上面讲到江山如旧，人物全非。幸而还没有真正地全非。几十年来我昼思梦想最希望还能见到的人，最希望他们还能活着的人，我的“博士父亲”，瓦尔德施密特教授和夫人居然还都健在。教授已经是八十三岁高龄，夫人比他寿更高，是八十六岁。一别三十五年，今天重又会面，真有相见翻疑梦之感。老教授夫妇显然非常激动，我心里也如波涛翻滚，一时说不出话来。我们围坐在不太亮的电灯光下，杜甫的名句一下子涌上我的心头：

人生不相见，
动如参与商。
今夕复何夕？
共此灯烛光。

四十五年前我初到哥廷根我们初次见面，以及以后长达十年相处的情景，历历展现在眼前。那十年是剧烈动荡的十年，中间插上了一个第二次世界大战，我们没有能过上几天好日子。最初几年，我每次到他们家去吃晚饭时，他那个十几岁的独生儿子都在座。有一次教授同儿子开玩笑：“家里有一个中国客人，你明天到学校去又可以张扬吹嘘一番了。”哪里知道，大战一爆发，儿子就被征从军，一年冬天，战死在北欧战场上。这对他们夫妇俩的打击，是无法形容的。不久，教授也被征从军。他心里怎样想，我不好问，他也不好说。看来是默默地忍受痛苦。他预订了剧院的票，到了冬天，剧院开演，他不在家，每周一次陪他夫人看戏的任务，就落到我肩上。深夜，演出结束后，我要走很长的道路，把师母送到他们山下林边的家中，然后再摸黑走回自己的住处。在很长的时间内，他们那一座漂亮的三层楼房里，只住着师母一个人。

他们的处境如此，我的处境更要糟糕。烽火连年，家书亿金。我的祖国在受难，我的全家老老小小在受难，我自己也在受难。中夜枕上，思绪翻腾，往往彻夜不眠。而且头上有飞机轰炸，肚子里没有食品充饥。做梦就梦到祖国的花生米。有一次我下乡去帮助农民摘苹果，报酬是几个苹果和五斤土豆。回家后一顿就把五斤土豆吃了个精光，还并无饱意。

大概有六七年的时间，情况就是这个样子。我的学习、写论文、参加口试、获得学位，就是在这种情况下进行的。教授每次回家度假，都听我的汇报，看我的论文，提出他的意见。今天我会的这一点点东西，哪一点不包含着教授的心血呢？不管我今天的成就还是多么微小，如果不是他怀着毫不利己的心情对我这一个素昧平生的异邦的青年加以诱掖教导的话，我能够有什么成就呢？所有这一切我能够忘记得了吗？

现在我们又会面了。会面的地方不是在我所熟悉的那一所房子里，而是在一所豪华的养老院里。别人告诉我，他已经把房子赠给哥廷根大学印度学和佛教研究所，把汽车卖掉，搬到这一所养老院里来了。院里富丽堂皇，应有尽有，健身房、游泳池，无不齐备。据说，饭食也很好。但是，说句不好听的话，到这里来的人都是七老八十的人，多半行动不便。对他们来说，健身房和游泳池实际上等于聋子的耳朵。他们不是来健身，而是来等死的。头一天晚上还在一起吃饭、聊天，第二天早晨说不定就有人见了上帝。一个人生活在这样的环境中，心情如何，概可想见。话又说了回来，教授夫妇孤苦伶仃，不到这里来，又到哪里去呢？

就是在这样一个地方，教授又见到了自己几十年没有见面的弟子。他的心情是多么激动，又是多么高兴，我无法加以描绘。我一下汽车就看到在高大明亮的玻璃门里面，教授端端正正地坐在圈椅上。他可能已经等了很久，正望眼欲穿哩。他瞪着慈祥昏花的双目瞧着我，仿佛想用目光把我吞了下去。握手时，他的手有点颤抖。他的夫人更是老态龙钟，耳朵聋，头摇摆不停，同三十多年前完全判若两人了。师母还专为我烹制了当年我在她家常吃的食品。两位老人齐声说：“让我们好好地聊一聊老哥廷根的老生活吧！”他们现在大概只能用回忆来填充日常生活了。我问老教授还要不要中国关于佛教的书，他反问我：“那些东西对我还有什么用呢？”我又问他正在写什么东西。他说：“我想整理一下以前的旧稿，我想，不久就要打住了！”从一些细小的事情上来看，老两口的意见还是有一些矛盾的。看来这相依为命的一双老人的生活是阴沉的、郁闷的。在他们前面，正如鲁迅在《过客》中所写的那样：“前面？前面，是坟。”

我心里陡然凄凉起来。老教授毕生勤奋，著作等身，名扬四海，受人尊敬，老年就这样度过吗？我今天来到这里，显然给他们带来了极大的快乐。一旦我离开这里，他们又将怎样呢？可是，我能永远在这里待下去吗？我真有点依依难舍，尽量想多待些时候。但是，千里凉棚，没有不散的筵席。我站起来，想告辞离开。老教授带着乞求的目光说：“才十点多钟，时间还早嘛！”我只好重又坐下。最后到了深夜，我狠了狠心，向他们说了声：“夜安！”站起来，告辞出门。老教授一直把我送下楼，送到汽车旁边，样子是难舍难分。此时我心潮翻滚，我明确地意识到，这是我们最后一面了。但是，为了安慰他，或者欺骗他，也为了安慰我自己，或者欺骗我自己，我脱口说了一句话：“过一两年，我再回来看你！”声音从自己嘴里传到自己耳朵，显得空荡、虚伪，然而却又真诚。这真诚感动了老教授，他脸上现出了笑容：“你可是答应了我了，过一两年再回来！”我还有什么话好说呢？我噙着眼泪，钻进了汽车。汽车开走时，回头看到老教授还站在那里，一动也不动，活像是一座塑像。

过了两天，我就离开了哥廷根。我乘上了一列开到另一个城市去的火车。坐在车上，同来时一样，我眼前又是面影迷离，错综纷杂。我这两天见到的一切人和物，一一奔凑到我的眼前来，只是比来时在火车上看到的影子清晰多了，具体多了。在这些迷离错乱的面影中，有一个特别清晰、特别具体、特别突出，它就是我在前天夜里看到的那一座塑像。愿这一座塑像永远停留在我的眼前，永远停留在我的心中。

二年生活

清华大学与德国学术交换处订的合同，规定学习期限为两年。我原来也只打算在德国住两年。在这期间，我的身份是学生。在德国十年中，这二年的学生生活可以算是一个阶段。

在这二年内，一般说来，生活是比较平静的，没有大风大浪，没有剧烈的震动。希特勒刚上台不几年，德国崇拜他如疯如狂。我认识一个女孩子，年轻貌美。有一次同她偶尔谈到希特勒，她脱口而出："如果我能同希特勒生一个孩子，是我莫大的光荣！"我真是大吃一惊，做梦也没有想到。我没有见过希特勒本人，只是常常从广播中听到他那疯狗的狂吠声。在德国人中，反对他的微乎其微。他手下那著名的两支队伍 SA（Sturm-Abteilung，冲锋队）和 SS（Schutz-Staffel，党卫军），在街上随时可见。前者穿黄制服，我们称之为"黄狗"；后者着黑制服，我们称之为"黑狗"。这黄黑二狗从来没有跟我们中国学生找过麻烦。进商店，会见朋友，你喊你的"希特勒万岁！"，我喊我的"早安""日安""晚安"，各行其是，互不侵犯，井水不犯河水，倒也能和平共处。我们同一般德国人从来不谈政治。

实际上，在当时，无论是在中国，还是在德国，都是处在大风暴的前夕。两年以后，情况就大大地改变了。

这一点我是有所察觉的，不过是无能为力，只好能过一天平静的日子，就过一天，苟全性命于乱世而已。

从表面上来看，市场还很繁荣，食品供应也极充足，限量制度还没有实行，只要有钱，什么都可以买到。我每天早晨在家里吃早点：小面包、牛奶、黄油、干奶酪，佐之以一壶红茶。然后到梵文研究所去，或上课，或学习。中午在外面饭馆里吃。吃完，仍然回到研究所，从来不懂什么睡午觉。下午也是或上课，或学习。晚上六点回家，房东老太太把他们中午吃的热饭菜留一份给我晚上吃。因此我就不必像德国人那样，晚饭只吃面包香肠喝茶了。

就这样，日子过得有条有理，蛮惬意的。

一到星期日，当时住在哥廷根的几个中国留学生：龙丕炎、田德望、王子昌、黄席棠、卢寿枬等就不约而同地到城外山下一片叫作“席勒草坪”的绿草地去会面。这片草地终年绿草如茵，周围古木参天，东面靠山，山上也是树木繁茂，大森林长宽各几十里。山中颇有一些名胜，比如俾斯麦塔，高踞山巅，登临一望，全城尽收眼底。此外还有几处咖啡馆和饭店。我们在席勒草坪会面以后，有时也到山中去游逛，午饭就在山中吃。见到中国人，能说中国话，真觉得其乐无穷。往往是在闲谈笑话中忘记了时间的流逝。等到注意到时间时，已是暝色四合，月出于东山之上了。

至于学习，我仍然是全力以赴。我虽然原定只能留两年，但我仍然做参加博士考试的准备。根据德国的规定，考博士必须读三个系：一个主系，两个副系。我的主系是梵文、巴利文等所谓印度学（lndologie），这是大局已定。关键是在两个副系上，然而这件事又是颇伤脑筋的。当年我在国内患“留学热”而留学一事还渺茫如蓬莱三山的时候，我已经立下大誓：决不写有关中国的博士论文。鲁迅先生说过，有的中国留学生在国外用老子与庄子谋得了博士头衔，令洋人大吃一惊；然而回国后讲的却是康德、黑格尔。我鄙薄这种博士，决不步他们的后尘。现在到了德国，无论主系和副系决不同中国学沾边。我听说，有一个学自然科学的留学生，想投机取巧，选了汉学作副系。在口试的时候，汉学教授问的第一个问题是：中国的杜甫与英国的莎士比亚，谁先谁后？中国文学史长达几千年，同屈原等比起来，杜甫是偏后的。而在英国则莎士比亚已算较古的文学家。这位留学生大概就受这种印象的影响，开口便说：“杜甫在后。”汉学教授说：“你落第了！下面的问题不需要再提了。”

谈到口试，我想在这里补充两个小例子，以见德国口试的情况，以及教授的权威。19世纪末，德国医学泰斗微耳和（Virchow）有一次口试学生，他把一盘子猪肝摆在桌子上，问学生道：“这是什么？”学生瞠目结舌，半天说不出话来。他哪里会想到教授会拿猪肝来呢，结果是口试落第。微耳和对他说：“一个医学工作者一定要实事求是，眼前看到什么，就说是什么。连这点本领和勇气都没有，怎能当医生呢？”又一次，也是这位微耳和在口试，他指了指自己的衣服，问：“这是什么颜色？”学生端详了一会儿，郑重答道：“枢密顾问（德国成就卓著的教授的一种荣誉称号）先生！您的衣服曾经是褐色的。”微耳和大笑，立刻说：“你及格了！”因为他不大注意穿着，一身衣服穿了十几年，原来的褐色变成黑色了。这两个例子虽小，但是意义却极大。它告诉我们，德国教授是怎样处心积虑地培养学生实事求是不受任何外来影响干扰的观察问题的能力。

回头来谈我的副系问题。我坚决不选汉学，这已是定不可移的了。那么选什么呢？我考虑过英国语言学和德国语言学。后来，又考虑过阿拉伯文。我还真下功夫学了一年阿拉伯文。后来，又觉得不妥，决定放弃。最后选定了英国语言学与斯拉夫语言学。但斯拉夫语言学，不能只学一门俄文。我又加学了南斯拉夫文。从此天下大定。

斯拉夫语研究所也在高斯－韦伯楼里面。从那以后，我每天到研究所来，学习一整天，主要精力当然是用到学习梵文和巴利文上。梵文班原先只有我一个学生。大概从第三学期开始，来了两个德国学生：一个是历史系学生，一个是一位乡村牧师。前者在我来哥廷根以前已经跟西克教授学习过几个学期。等到我第二学年开始时，他来参加，没有另外开班，就在一个班上。我最初对他真是肃然起敬，他是老学生了。然而，过了不久，我就发现，他学习颇为吃力。尽管他在中学时学过希腊文和拉丁文，又懂英文和法文，但是对付这个语法规则烦琐到匪夷所思的程度的梵文，他却束手无策。在课堂上，只要老师一问，他就眼睛发直、口发呆，嗫嗫嚅嚅，说不出话来。一直到第二次世界大战爆发，他被征从军，他始终没能征服梵文，用我的话来说，就是，他没有跳过龙门。

我自己学习梵文，也并非一帆风顺。这一种在现在世界上已知的语言中语法最复杂的古代语言，形态变化之丰富，同汉语截然相反。我当然会感到困难。但是，既然已经下定决心要学习，就必然要把它征服。在这二年内，我曾多次暗表决心：一定要跳过这个龙门。

在饥饿地狱中

同轰炸并驾齐驱的是饥饿。

我初到德国的时候，供应十足充裕，要什么有什么，根本不知饥饿为何物。但是，法西斯头子侵略成性，其实法西斯的本质就是侵略，他们早就扬言：要大炮，不要奶油。在最初，德国人桌子上还摆着奶油，肚子里填满了火腿，根本不了解这句口号的真正意义。于是，全国翕然响应，仿佛他们真不想要奶油了。大概从 1937 年开始，逐渐实行了食品配给制度。最初限量的就是奶油，以后接着是肉类，最后是面包和土豆。到了 1939 年，希特勒悍然发动第二次世界大战，德国人的腰带就一紧再紧了。这一句口号得到了完满的实现。

我虽生也不辰，在国内时还没有真正挨过饿。小时候家里穷，一年至多只能吃两三次白面，但是吃糠咽菜，肚子还是能勉强填饱的。现在到了德国，才真受了“洋罪”。这种“洋罪”是慢慢地感觉到的。我们中国人本来吃肉不多，我们所谓“主食”实际上是西方人的“副食”。黄油从前我们根本不吃。所以在德国人开始沉不住气的时候，我还悠哉游哉，处之泰然。但是，到了我的“主食”面包和土豆限量供应的时候，我才感到有点不妙了。黄油失踪以后，取代它的是人造油。这玩意儿放在汤里面，还能呈现出几个油珠儿，但一用来煎东西，则在锅里嗞嗞几声，一缕轻烟，油就烟消云散了。在饭馆里吃饭时，要经过几次思想斗争，从战略观点和全局观点反复考虑之后，才请餐馆服务员（Herr Ober）“煎”掉一两肉票。倘在汤碗里能发现几滴油珠，则必大声唤起同桌者的注意，大家都乐不可支了。

最困难的问题是面包。少且不说，实质更可怕。完全不知道里面掺了什么东西。有人说是鱼粉，无从否认或证实。反正是只要放上一天，第二天便有腥臭味。而且吃了，能在肚子里制造气体。在公共场合出虚恭，俗话就是放屁，在德国被认为是极不礼貌，有失体统的。然而肚子里带着这样的面包去看电影，则在影院里实在难以保持体统。我就曾在看电影时亲耳听到虚恭之声，此伏彼起，东西应和。我不敢耻笑别人。我自己也正在同肚子里过量的气体做殊死斗争，为了保持体面，想把它镇压下去，而终于还以失败告终。

但是也不缺少令人兴奋的事：我打破了纪录，是自己吃饭的纪录。有一天，我同一位德国女士骑自行车下乡，去帮助农民摘苹果。在当时，城里人谁要是同农民有一些联系，别人会垂涎三尺的，其重要意义决不亚于今天的走后门。这一位女士同一户农民挂上了钩，我们就应邀下乡了。苹果树都不高，只要有一个短梯子，就能照顾全树了。德国苹果品种极多，是本国的主要果品。我们摘了半天，工作结束时，农民送了我一篮子苹果，其中包括几个最优品种的，另外还有五六斤土豆。我大喜过望，跨上了自行车，有如列子御风而行，一路青山绿水看不尽，轻车已过数重山。到了家，把土豆全部煮上，蘸着积存下的白糖，一鼓作气，全吞进肚子，但仍然还没有饱意。

“挨饿”这个词儿，人们说起来，比较轻松，但这些人都是没有真正挨过饿的。我是真正经过饥饿炼狱的人，其中滋味实不足为外人道也。我非常佩服东西方的宗教家们，他们对人情世事真是了解到令人吃惊的程度，在他们的地狱里，饥饿是被列为最折磨人的项目之一。中国也是有地狱的，但却是舶来品，其来源是印度。谈到印度的地狱学，那真是博大精深，蔑以加矣。“死鬼”在梵文中叫Preta，意思是“逝去的人”。到了中国译经和尚的笔下，就译成了“饿鬼”，可见“饥饿”在他们心目中占多么重要的地位。汉译佛典中，关于地狱的描绘，比比皆是。《长阿含经》卷十九《地狱品》的描绘可能是有些代表性的。这里面说，共有八大地狱，第一大地狱名想，其中有十六小地狱：第一小地狱名曰黑沙，二名沸屎，三名五百钉，四名饥，五名渴，六名一铜釜，七名多铜釜，八名石磨，九名脓血，十名量火，十一名灰河，十二名铁丸，十三名釿斧，十四名豺狼，十五名剑树，十六名寒冰。地狱的内容，一看名称就能知道。饥饿在里面占了一个地位。这个饥饿地狱里是什么情况呢？《长阿含经》说：

> （饿鬼）到饥饿地狱。狱卒来问：“汝等来此，欲何所求？”报言：“我饿！”狱卒即捉扑热铁上，舒展其身，以铁钩钩口使开，以热铁丸着其口中，焦其唇舌，从咽至腹，通彻下过，无不焦烂。

这当然是印度宗教家的幻想。西方宗教家也有地狱幻想。在但丁的《神曲》里面也有地狱。第六篇，但丁在地狱中看到一个怪物，张开血盆大口，露出长牙；但丁的引导人俯下身子，在地上抓了一把泥土，对准怪物的嘴，投了过去。怪物像狗一样狺狺狂吠，无非是想得到食物，现在嘴里有了东西，就默然无声了。西方的地狱内容实在太单薄，比起东方地狱来，大有小巫见大巫之势了。

为什么东西方宗教家都幻想地狱，而在地狱中又必须忍受饥饿的折磨呢？他们大概都认为饥饿最难忍受，恶人在地狱中必须尝一尝饥饿的滋味。这个问题我且置而不论。不管怎样，我当时实在是正处在饥饿地狱中，如果有人向我嘴里投掷热铁丸或者泥土，为了抑制住难忍的饥饿，我一定会毫不迟疑地不顾一切地把它们吞了下去，至于肚子烧焦不烧焦，就管不了那样多了。

我当时正在读俄文原文的果戈里的《钦差大臣》。在第二幕第一场里，我读到了奥西普躺在主人的床上独白的一段话：

> 现在旅馆老板说啦，前账没有付清就不开饭；可我们要是付不出钱呢？（叹口气）唉，我的天，哪怕有点菜汤喝喝也好呀。我现在恨不得要把整个世界都吞下肚子里去。

这写得何等好呀！果戈理一定挨过饿，不然的话，他无论如何也写不出要把整个世界都吞下去的话来。

长期挨饿的结果是，人们都逐渐瘦了下来。现在有人害怕肥胖，提倡什么减肥，往往费上极大的力量，却不见效果。于是有人说："我就是喝白水，身体还是照样胖起来的。"这话现在也许是对的，但在当时却完全不是这样。我的男房东在战争激烈时因心脏病死去。他原本是一个大胖子，到死的时候，体重已经减轻了二三十公斤，成了一个瘦子了。我自己原来不胖，没有减肥的物质基础。但是饥饿在我身上也留下了伤痕：我失掉了饱的感觉，大概有八年之久。后来到了瑞士，才慢慢恢复过来。此是后话，这里不提了。

烽火连八岁　家书抵亿金

逸趣虽然有，但环境日益险恶，也是不可否认的事实。

随着形势的日益险恶，我的怀乡之情也日益腾涌。这比刚到哥廷根时的怀念母亲之情，其剧烈的程度不可同日而语了。

这种怀乡之情并不是由于受了德国方面的什么刺激而产生的。正相反，看了德国人的沉着冷静的神态，使我颇感到安慰。他们该干什么，就干什么，看不出什么紧张。比如说，就拿轰炸来说吧。我原以为，轰炸到了铺地毯的程度，已经是蔑以复加矣。然而不然，原来还有更高的层次。最初，敌机飞临德国上空时，总要拉响警笛的。警笛也有不同的层次，以敌机距离本城的远近来划分。敌机一飞走，警报立即解除。我们都绝对要听从警笛的指挥，不敢稍有违反。在这里也表现出德国人遵守纪律、热爱秩序的特点。但是，到了后来，东线战争毫无进展，德国从四面受到包围。防空能力一度吹嘘得像神话一般，现在则完全垮了台。敌机随时可以飞临上空，也不论白天和夜晚，愿意投弹则投弹；不愿意投弹，则以机关枪向地面扫射。警笛无法拉响，警报无法发出。因为一天二十四小时，时时刻刻都在警报中，警笛已经是英雄无用武之地了。到了此时，我们出门，先抬头看一看天空，天上有飞机，则到街道旁边的房檐下躲一躲。飞机一过，立即出来，该干什么干什么。常常听到人说，什么地方的村庄和牛被敌机上的机关枪扫射了，子弹比平常的枪弹要大得多。听到这些消息，再加上空中的机声，然而人们丝毫也不紧张，而有点处之泰然了。

再拿食品来说吧。日益短缺，这自在意料之中，不足为怪。奇怪的倒是德国人，他们也是处之泰然的，不但没有怪话，而且有时还颇有些幽默感。我曾在一张报纸上看到一幅漫画，画的是一家在吃饭。舅舅用叉子叉着一块兔子肉，嘴里连声称赞："真好吃呀！"而坐在对面的小外甥，则低头垂泪。这兔子显然是小孩豢养大的。从城里来的舅舅只知道肉好吃，全然不理解小孩的心情。德国人给人的印象是严肃、认真、淳朴，他们的彻底性是有口皆碑的。他们似乎不像英国人那样欣赏幽默。然而在食品缺乏到可怕的程度的时候，他们居然并不缺少幽默。我提到的这一幅漫画不是一个绝好的证明吗？

德国人这种对待轰炸和饥饿的超然泰然的态度，当然会感染了我。但是我身处异域，离开自己的祖国和亲人有千山万水之遥，比起德国人来，祖国和亲人就在眼前，当然感受完全不同。我是一个"老外"，是在异域受"洋罪"。自己的一些牢骚、一些想法，平常日子无法宣泄，自然而然地就在梦中表现出来。我不是庄子所谓的"至人无梦"的"至人"，我的梦非常多。我的一些希望在梦中肆无忌惮地得到了满足。我梦得最多的是祖国的食品。我这个人素无大志，在食品方面亦然。我从来没有梦到过什么燕窝、鱼翅、猴头、熊掌，这些东西本来就与我缘分不大。我做梦梦到最多的是吃炒花生米和锅饼（北京人叫"锅盔"）。这都是小时候常吃而直到今天耄耋之年仍然经常吃的东西。每天平旦醒来，想到梦中吃的东西，怀乡之情如大海怒涛，奔腾汹涌，无论如何也抑制不住。

此时，大学的情况，也真让人触目伤心。大战爆发以后，有几年的时间，男生几乎都被征从军，只剩下了女生，奔走于全城各研究所之间，哥廷根大学变成一个女子大学。无论走进哪一间教室或实验室，都是粉白黛绿，群雌粥粥，仿佛到了女儿国一般。等到战争越过了最高峰逐渐走向结束的时候，从东部俄国前线上送回来了大量的德国伤兵，一部分就来到了哥廷根。这时候，在大街上奔走于全城各研究所之间的，除了女生以外，就是缺胳膊断腿的拄着双拐或单拐，甚至乘坐轮椅的伤残大学生。在上课的大楼中，在洁净明亮的走廊上，拐杖触地的清脆声，处处可闻。这种声音回荡在粉白黛绿之间，让人听了，不知应当作何感想。德国的大音乐家还没有哪一个谱过拐声交响乐。我这个外乡人听了，真是欲哭无泪。

同德国伤兵差不多同时涌进哥廷根城的是苏联、波兰、法国等国的俘虏，人数也是很多的。既然是俘虏，最初当然有德国人看管。后来大概是由于俘虏太多，而派来看管的德国男人则又太少了，我看到好多俘虏自由自在地在大街上闲逛。我也曾在郊外农田里碰到过俄国俘虏，没有看管人员，他们就带了锅，在农田挖掘收割剩下的土豆，挖出来，就地解决，找一些树枝，在锅里一煮，就狼吞虎咽地吃开了。他们显然是饿得够呛的。俘虏中是有等级的，苏联和法国俘虏级别似乎高一点，而波兰的战俘和平民，在法西斯眼中是亡国之民，受到严重的侮辱性的歧视，每个人衣襟上必须缝上一个写着“P”字的布条，有如印度的不可接触者，让人一看就能够分别。法显《佛国记》中说是“击木以自异”，在现代德国是“挂条以自异”。有一天，我忽然在一个我每天必须走过的菜园子里，看到一个襟缝“P”字的波兰少女在那里干活，圆圆的面孔，大大的眼睛，非常像八九年前我在波兰火车上碰到的 Wala。难道真会是她吗？我不敢贸然搭话。从此我每天必然看到她在菜地里忙活。“同是天涯沦落人”，我首先想到的就是这一句话。我心里痛苦万端，又是欲哭无泪。经过长期酝酿，我写成了那一篇《Wala》，表达了我的沉痛心情。

我当时的心情就是这个样子。

此时，我同家里早已断了书信，祖国抗日战争的情况也几乎完全不清楚。偶尔从德国方面听到一点消息，由于日本是德国盟国，也是全部谎言。杜甫的诗说“烽火连三月，家书抵万金”，我想把它改为“烽火连八岁，家书抵亿金”，这样才真能符合我的情况。日日夜夜，不知道有多少事情揪住了我的心。祖国是什么样子了？家里又怎样了？叔父年事已高，家里的经济来源何在？婶母操持这样一个家，也真够她受的。德华带着两个孩子，日子不知是怎样过的？“可怜小儿女，未解忆长安”。我想，他们是能够忆长安的。他们大概知道，自己有一个爸爸在很远很远的地方。家里还有一条名叫“憨子”的小狗，在国内时，我每次从北京回家，一进门就听到汪汪的吠声；但一看到是我，立即摇起了尾巴，憨态可掬。这一切都是我时刻想念的。连院子里那两棵海棠花也时来入梦。这些东西都使我难以摆脱。真正是抑制不住的离愁别恨，数不尽的不眠之夜！

我特别经常想到母亲。初到哥廷根时思念母亲的情景，上面已经谈过了。当我同祖国和家庭完全断掉联系的时候，我思母之情日益剧烈。母亲入梦，司空见惯。但可恨的是，即使在梦中看到母亲的面影，也总是模模糊糊的。原因很简单，我的家乡是穷乡僻壤，母亲一生没照过一张相片。我脑海里那一点母亲的影子，是我在十几岁时离开她用眼睛摄取的，是极其不可靠的。可怜我这个失母的孤儿，连在梦中也难以见到母亲的真面目，老天爷不是对我太残酷了吗？

我的女房东

我在上面已经多次谈到我的女房东欧朴尔太太。

我在这里还要再集中来谈。

我不能不谈她。

我们共同生活了整整十年，共过安乐，也共过患难。在这漫长的时间内，她为我操了不知多少心，她确实像自己的母亲一样。回忆起她来，就像回忆一个甜美的梦。

她是一个平平常常的德国妇女。我初到的时候，她大概已有五十岁了，比我大二十五六岁。她没有多少惹人注意的特点，相貌平平常常，衣着平平常常，谈吐平平常常，爱好平平常常，总之是一个非常平常的人。

然而，同她相处的时间越久，便越觉得她在平常中有不平常的地方：她老实，她诚恳，她善良，她和蔼，她不会吹嘘，她不会撒谎。她也有一些小小的偏见与固执，但这些也都是平平常常的，没有什么越轨的地方；这只能增加她的人情味，而决不能相反。同她相处，不必费心机，设堤防，一切都自自然然，使人如处和暖的春风中。

她的生活是十分单调的、平凡的。她的天地实际上就只有她的家庭。中国有一句话说：妇女围着锅台转。德国没有什么锅台，只有煤气灶或电气灶。我的女房东也就是围着这样的灶转。每天一起床，先做早点，给她丈夫一份，给我一份。然后就是无尽无休地擦地板，擦楼道，擦大门外面马路旁边的人行道。地板和楼道天天打蜡，打磨得油光锃亮。楼门外的人行道，不光是扫，而且是用肥皂水洗。人坐在地上，决不会沾上半点尘土。德国人爱清洁，闻名全球。德文里面有一个词儿Putzteufel，指打扫房间的洁癖，或有这样洁癖的女人。Teufel的意思是“魔鬼”，Putz的意思是“打扫”。别的语言中好像没有完全相当的字。我看，我的女房东，同许多德国妇女一样，就是一个不折不扣“清扫魔鬼”。

我在生活方面所有的需要，她一手包下来了。德国人生活习惯同中国人不同。早晨起床后，吃早点，然后去上班；十一点左右，吃自己带去的一片黄油夹香肠或奶酪的面包；下午一点左右吃午饭。这是一天的主餐，吃的都是热汤热菜，主食是土豆。下午四点左右，喝一次茶，吃点饼干之类的东西。晚上七时左右吃晚饭，泡一壶茶或者咖啡，吃凉面包、香肠、火腿、干奶酪等等。我是一个年轻的穷学生，一无时间，二无钱来摆这个谱儿。我还是中国老习惯，一日三餐。早点在家里吃，一壶茶，两片面包。午饭在外面馆子里或学生食堂里吃，都是热东西。晚上回家，女房东把她们中午吃的热餐给我留下一份。因此，我的晚餐也都是热汤热菜，同德国人不一样，这基本上是中国办法。这都是女房东在了解了中国人的吃饭习惯之后精心安排的。我每天在研究所里工作了一整天之后，回到家来，能够吃上一顿热乎乎的晚饭，心里当然是美滋滋的。对女房东这番情意，我是由衷地感激的。

晚饭以后，我就在家里工作。到了晚上十点左右，女房东进屋来，把我的被子铺好，把被罩拿下来，放到沙发上。这工作其实是非常简单的，我自己尽可以做。但是，女房东却非做不可，当年她儿子住这一间屋子时，她就是天天这样做的。铺好床以后，她就站在那里，同我闲聊。她把一天的经历，原原本本，详详细细，都向我“汇报”。她见了什么人，买了什么东西，碰到了什么事情，到过什么地方，一一细说，有时还绘声绘形，说得眉飞色舞。我无话可答，只能洗耳恭听。她的一些婆婆妈妈的事情，我并不感兴趣。但是，我初到德国时，听说德语的能力都不强，每天晚上上半小时的“听力课”，对我大有帮助。我的女房东实际上成了我的不收费的义务教员。这一点我从来没有对她说，她也永远不会懂的。“汇报”完了以后，照例说一句:“夜安！祝你愉快地安眠！”我也说同样的话，然后她退出，回到自己的房间里。我把皮鞋放在门外，明天早晨，她把鞋擦亮。我这一天的活动就算结束了，上床睡觉。

其余许多杂活，比如说洗衣服、洗床单、准备洗澡水，等等，无不由女房东去干。德国被子是鸭绒的，鸭绒没有被固定起来，在被套里面享有绝对的自由活动的权利。我初到德国时，很不习惯，睡下以后，在梦中翻两次身，鸭绒就都活动到被套的一边去，这里绒毛堆积如山，而另一边则只剩下两层薄布，当然就不能御寒，我往往被冻醒。我向女房东一讲，她笑得眼睛里直流泪。她于是细心教我使用鸭绒被的方法。我就像一个小孩子一样，在她的照顾下愉快地生活。

她的家庭看来是非常和睦的，丈夫忠厚老实，一个独生子不在家，老夫妇俩对儿子爱如掌上明珠。我记得，有一段时间，老头月月购买哥廷根的面包和香肠，打起包裹，送到邮局，寄给在达姆施塔特（Darmstadt）高工念书的儿子。老头腿有点毛病，走路一瘸一拐，很不灵便，虽然拿着手杖，仍然非常吃力。可他不辞辛劳，月月如此。后来老夫妇俩出去度假，顺便去看儿子。到儿子的住处大学生宿舍里去，一瞥间，他们看到老头千辛万苦寄来的面包和香肠，却发了霉，干瘪瘪地躺在桌子下面。老头怎样想，不得而知。老太太回家后，在晚上向我“汇报”时，絮絮叨叨地讲到这件事，说她大为吃惊。但是，奇怪的是，老头还是照样拖着两条沉重的腿，把面包和香肠寄走。我不禁想到，“可怜天下父母心”，古今中外之所同。然而儿女对待父母的态度，东西方却不大相同了。章太太的男房东可以为证。我并不提倡愚忠愚孝，但是，即使把父母与子女之间的关系，化为一般人与人之间的关系，像房东儿子的做法不也是有点过分了吗？

女房东心里也是有不平的。

儿子结了婚，住在外城，生了一个小孙女。有一次，全家回家来探望父母。儿媳长得非常漂亮，衣着也十分摩登。但是，女房东对她好像并不热情，对小孙女也并不宠爱。儿媳是年轻人，对好多事情有点马大哈，从中也可以看出德国两代人之间的“代沟”。有一天，儿媳使用手纸过多，把马桶给堵塞了。老太太非常不满意，拉着我到卫生间指给我看。脸上露出了许多怪物相，有忿怒，有轻蔑，有不满，有憎怨。此事她当然不能对儿子讲，连丈夫大概也没有敢讲，茫茫宇宙间她只有对我一个人诉说不平了。

女房东也是有偏见的。

关于戴帽子的偏见，我在上面已经谈过了，这里不再重复。她的偏见不只限于这一点，而且最突出的也不是这一件事。最突出的是宗教偏见。她自己信奉的是耶稣教，对天主教怀有莫名其妙的刻骨的仇恨。世界各地区各民族都毫无例外地有宗教偏见，这种偏见比任何其他偏见都更偏见。欧洲耶稣基督教新旧两派之间的偏见，也是异常突出的。我的女房东没有很高的文化，她的偏见也因而更固执。但她偏偏碰到一个天主教的好人。女房东每个月要雇人洗一次衣服、床单等等，承担这项工作的是一个天主教的老处女，年纪比女房东还要大，总有六十多岁了。她没有财产，没有职业，就靠帮人洗衣服为生。人非常老实，一天说不了几句话，却是一个十分虔诚的信徒，每月的收入，除了维持极其简朴的生活以外，全都交给教堂。她大概希望百年之后能够在虚无缥缈的天堂里占一个角落吧。女房东经常对我说："特雷莎（Therese）忠诚得像黄金一样。"特雷莎是她的名字。但是，忠诚归忠诚，一提到宗教，女房东就愤愤不平，晚上向我"汇报"时，对她也时有微词，具体的例子却从来没有听说过。

我的女房东就是这样一个有不平，有偏见，有自己的与宇宙大局、世界大局和国家大局无关的小忧愁小烦恼，有这样那样的特点的平平常常的人，但却是一个心地善良、厚道、不会玩弄任何花招的平常人。

她的一生也是颇为坎坷的，走的并非都是阳关大道。据她自己说，第一次世界大战前，德国人家里普遍都有金子，她家里也一样。大战一结束，德国发了疯似的通货膨胀，把她的一点点黄金都膨胀光了，成了无金阶级。到了第二次世界大战，她只是靠工资过日子。她对政治不感兴趣，她从来不赞扬希特勒，当然更不懂去反对他。由于种族偏见，犹太人她是反对的，但也说不上是“积极分子”，只是随大流而已。她在乡下没有关系户，食品同我一样短缺。在大战中间，她丈夫饿得从一个大胖子变成一个瘦子，终于离开了人世。老两口一生和睦相处，我从来没有听到他们俩拌过嘴，吵过架。老头一死，只剩下她孤零零一人。儿子极少回来，屋子里空荡荡的。她心里是什么滋味，我不知道。从表面上来看，她只能同我这一个异邦的青年相依为命了。

战争到了接近尾声的时候，日子越来越难过。不但食品短缺，连燃料也无法弄到。哥廷根市政府俯顺民情，决定让居民到山上去砍伐树木。在这里也可以看到德国人办事之细致、之有条不紊、之遵守法纪。政府工作人员在茫茫的林海中划出了一个可以砍伐的地区，把区内的树逐一检查，可以砍伐者画上红圈。砍伐没有红圈的树，要受到处罚。女房东家里没有劳动力，我当然当仁不让，陪她上山，砍了一天树，运下山来，运到一个木匠家里，用机器截成短段，然后运回家来，贮存在地下室里，供取暖之用。由于那一个木匠态度非常坏，我看不下去，同他吵了一架。他过后到我家来，表示歉意。我觉得，这不过是小事一端，一笑置之而已。

我的女房东是一个平常人，当然不能免俗。当年德国社会中非常重视学衔，说话必须称呼对方的头衔。对方是教授，必须呼之为“教授先生”；对方是博士，必须呼之为“博士先生”。不这样，就显得有点不礼貌。女房东当然不会是例外。我通过了博士口试以后，当天晚上，“汇报”时，她突然笑着问我：“我从今以后是不是要叫你‘博士先生’？”我真是大吃一惊，是我万万没有想到的。我连忙说：“完全没有必要！”她也不再坚持，仍然照旧叫我“季先生！”我称她为“欧朴尔太太！”相安无事。

一想到我的母亲般的女房东，我就回忆联翩。在漫长的十年中，我们朝夕相处，从来没有任何矛盾。值得回忆的事情实在太多太多了，即使回忆困难时期的情景，这回忆也仍然是甜蜜的。这些回忆一时是写不完的，因此我也就不再写下去了。

离开德国以后，在瑞士停留期间，我曾给女房东写过几次信。回国以后，在北平，我费了千辛万苦，弄到了一罐美国咖啡，大喜若狂。我知道，她同许多德国人一样，嗜咖啡若命。我连忙跑到邮局，把邮包寄走，期望它能越过千山万水，送到老太太手中，让她在孤苦伶仃的生活中获得一点喜悦。我不记得收到了她的回信。到了五十年代，“海外关系”成了十分危险的东西。我再也不敢写信给她，从此便云天渺茫，互不相闻。正如杜甫所说的“明日隔山岳，世事两茫茫”了。

1983 年，在离开哥廷根将近四十年之后，我又回到了我的第二故乡。我特意挤出时间，到我的故居去看了看。房子整洁如故，四十年漫长岁月的痕迹一点也看不出来。我走上三楼，我的住房门外的铜牌上已经换了名字。我也无从打听女房东的下落，她恐怕早已离开了人世，同她丈夫一起，静卧在公墓的一个角落里。我回首前尘，百感交集。人生本来就是这样，我有什么办法呢？我只有虔心祷祝她那在天之灵——如果有的话——永远安息。

留在德国的中国人

战争结束了，“座上客”当上了，苦难到头了，回国有望了，好像阴暗的天空里突然露出来了几缕阳光。

我们在哥廷根的中国留学生，商议了一下，决定到瑞士去，然后从那里回国。当时这是唯一的一条通向祖国的道路。

哥廷根是一座小城，中国留学生人数从来没有多过。有一段时间，好像只有我一个人，置身日耳曼人中间，连自己的黄皮肤都忘记了。战争爆发以后，那些大城被轰炸得很厉害，陆续有几个中国学生来到这里，实际上是来避难的。各人学的科目不同，兴趣爱好不同，合得来的就来往，不然就各扫门前雪，间或一聚而已。在这些人中，我同张维、陆士嘉夫妇，以及刘先志、滕莞君夫妇，最合得来，来往最多。商议一同到瑞士去的也就是我们几个人。

留下的几位中国学生，我同他们都不是很熟。有姓黄的学物理的两兄弟，是江西老表。还有姓程的也是学自然科学的两兄弟，好像是四川人。此外还有一个我在上面提到过的那一个姓张的神秘人物。此人从来也不是什么念书的人，我们都没有到他家里去过，不知道每天他的日子是怎样打发的。这几个人为什么还留下不走，我们从来也没有打听过。反正各有各的主意，各有各的想法，局外人是无须过问的。我们总之是要走了。

我把我汉文讲师的位置让给了姓黄的哥哥。从此以后，同留在哥廷根的中国人再没有任何联系，“明日隔山岳，世事两茫茫”了。

我在这里又想到了哥廷根城以外的那一些中国人，不是留学生，而是一些小商贩，统称之为“青田商人”。顾名思义，就可以知道，他们是浙江青田人。浙江青田人怎样来到德国、来到欧洲的呢？我没有研究过他们的历史，只听说他们背后有一段苦难的历程。他们是刘伯温的老乡，可惜这一位上知天文下知地理神机妙算的半仙之人，没有想到青田这地方的风水竟是如此不佳。在旧社会的水深火热中土地所出养不活这里的人，人们被迫外出逃荒，背上一袋青田石雕刻的什么东西，沿途叫卖，有的竟横穿中国大地，经过中亚，走到西亚，然后转入欧洲。行程数万里，历经无数国家。当年这样来的华人，是要靠“重译”的。我们的青田老乡走这一条路，不知要吃多少苦头，经多少磨难。我实在说不出，甚至也想象不出。有的走海路，为了节省船费，让商人把自己锁在货箱里，再买通点关节，在大海中航行时，夜里偷偷打开，送点水和干粮，解解大小便，然后再锁起来。到了欧洲的马赛或什么地方登岸时，打开箱子，有的已经变成一具尸体。这是多么可怕可悲的情景！这一些幸存者到了目的地，就沿街叫卖，卖一些小东西，如领带之类，诡称是中国丝绸制成的。他们靠我们祖先能织绸的威名，糊口度日，虽然领带上明明写着欧洲厂家的名字。他们一无护照，二无人保护；转徙欧洲各国，弄到什么护照，就叫护照上写的名字。所以他们往往是今天姓张，明天姓王；居无定处，行无定名。这护照是世袭的，一个人走了或者死了，另一个人就继承。在欧洲穿越国境时，也不走海关，随便找一条小路穿过，据说也有被边防兵开枪打死的。这样辛辛苦苦，积攒下一点钱，想方设法，带回青田老家。这些人誓死不忘故国，在欧洲同吉卜赛人并驾齐驱。

我原来并不认识青田商人，只是常常听人谈到而已。可是有一天，我忽然接到附近一座较大的城市卡塞尔地方法院的一个通知，命令我于某月某日某时，到法院里出庭当翻译。不去，则课以罚款一百马克；去，则奖以翻译费五十马克。我啼笑皆非。然而我知道，德国人是很认真守法的，只好遵命前往。到了才知道，被告就是青田商人。在法庭上，也须“重译”才行。被告不但不会说德国话，连中国普通话也不会说。于是又从他们中选出了一位能说普通话的，形成了一个翻译班子。审问才得以顺利进行。其实也没有什么了不起的事。这一位被告沿街叫卖，违反了德国规定，在货色和价钱方面又做了些手脚，一些德国爱管闲事的太太向法院告了状。有几个原告出了庭，指明了时间和地点，并且一致认为是那个人干的。那个人矢口否认，振振有词，说在德国人眼里，中国人长得都一样，有什么证据说一定是他呢？几个法官大眼瞪小眼，无词以对，扯了几句淡，就宣布退庭。一位警察告诉我说：“你们这些老乡真让我们伤脑筋，我们真拿他们没有办法。我们是睁一只眼闭一只眼，没有人来告，我们就听之任之了，反正没有什么了不起的事。”我同他开玩笑，劝他两只眼都闭上。他听了大笑，同我握手而别。

我口袋里揣上了五十马克，被一群青田商人簇拥着到了他们的住处。这是一间大房子，七八个人住在里面，基本都是地铺，谈不到什么设备，卫生条件更说不上，生活是非常简陋的。中国留学生一般都瞧不起他们，大使馆他们更视为一个衙门，除非万不得已，决不沾边。今天竟然有我这样一个留学生，而且还是大学里的讲师，忽然光临。他们简直像捧到一个金凤凰，热情招待我吃饭，我推辞了几次，想走，但是为他们的热情感动，只好留下。他们拿出了面包和酒，还有不知从哪里弄来的猪蹄子，用中国办法煨得稀烂，香气四溢。我已经几个月不知肉味了，开怀饱餐了一顿。他们绝口不谈法庭上的事。我偶一问到，他们说，这都是家常便饭，小事一桩，同他们德国人还能说实话吗？我听了，心里不知是什么滋味。这一批青田商人背井离乡，在异域奔波，不知道有多少危险，有多少困难，辛辛苦苦弄点钱寄回家去。不少人客死异乡，即使幸存下来，也是十年八年甚至几十年回不了家。他们基本上都不识字，我没有办法同他们交流感情。看了他们木然又欣然的情景，我直想流泪。

这样见过一次面，真如萍水相逢，他们却把我当成了朋友。我回到哥廷根以后，常常接到他们寄来的东西。有一年，大概是在圣诞节前，他们从汉堡给我寄来了五十条高级领带。这玩意儿容易处理：分送师友。又有一年，仍然是在圣诞节前，他们给我寄来了一大桶豆腐。在德国，只有汉堡有华人做豆腐。对欧洲人来说，豆腐是极为新奇的东西，嗜之者以为天下之绝，陌生者以为稀奇古怪。这一大桶豆腐落在我手里，真让我犯了难。一个人吃不了，而且我基本上不会烹调；送给别人，还需先做长篇大论的宣传鼓动工作，否则他们硬是不敢吃。处理的细节，我现在已经忘记了。总之，我对我这些淳朴温良又有点天真幼稚的青田朋友是非常感激的。

我上面已经说过，这些人的姓名是糊里糊涂的。我认识的几个人，我都不知道他们的真实姓名。姓名的更改完全以手中的那一份颇有问题的护照为转移。如今我要离开德国了，要离开他们了，不知道有多少老师好友需要我去回忆，我的记忆里塞得满满的，简直无法再容下什么人。然而我偏偏要想到这一些流落异域受苦受难的炎黄子孙，我的一群不知姓名的朋友。第二次世界大战我不知道他们是怎样度过的。他们现在还到处漂泊吗？今生今世，我恐怕再也无法听到他们的消息了。我遥望西天，内心在剧烈地颤抖。

二战心影

在德国，同二战共始终的中国留学生，到了今天，时隔五十年，已经所余无几了。我有幸是其中一个，从 1939 年至 1945 年长达六年的战火，现在回忆起来，宛如一场噩梦，虽已时光消磨得漫漶不清，但有一些片段，却仍然栩栩鲜明，如在眼前。我现在就把这些片段写了下来，看看从中能学得什么有用的教训。为了存真起见，我主要依据当时相当详细的日记，仅辅之以记忆，目的是避免以今天的感情代替当时的感情。需要说明的是，囿于当时所处环境，日记中所说的“敌机”“敌人”，当然是指反法西斯方面的盟军。

一　山雨欲来风满楼

我于 1935 年夏抵柏林，深秋赴哥廷根，此时纳粹上台才两年。焚书坑犹的暴行高潮已过，除了街上有穿黑制服的 SS（党卫军，我们称之为“黑狗”）和 SA（冲锋队，穿黄衣，我们称之为“黄狗”）外，其余则一片祥和。供应极端丰盛，人民安居乐业。我们谨遵出国时清华冯友兰老师和蒋廷黻老师的教导，闭口不谈政治，彼此相安无事。纳粹党员胸前都戴卐字胸章，一望而知谁是党员。他们的党似乎颇为松散，没有什么省委、市委等等的组织，也没听说过什么组织生活，也没有什么“光荣地加入\u5f00党”之类的说法。老百姓对希特勒是崇拜的，在社会生活中取消了“早安”“晚安”等等的问候语，而代之以“希特勒万岁”。我厌恶这一套，在学校和家内，仍然说我的“早安”和“晚安”。到商店亦然。店员看我们是“老外”，有时候也答以相同的问候。如果我说“早安”“晚安”，而对方答以“希特勒万岁”，则我就不想再进这个商店。

一转瞬间，几年快乐的日子逝去了。大概从日本军国主义者大规模侵华时开始，德国的食品供应逐渐紧张起来了。最初是肉类限量供应。这对我影响不大，中国人本来吃肉就不多。不久，奶油也限量，我感到螺丝渐渐地拧紧了。到了1939年8月13日，我在日记中写道：“心绪仍然乱得很。欧洲局面又紧张起来。德国非把但泽（Danzig）拿回来不行。英、法、波兰等国又难让步，结果恐怕难免一战。又要不知道有多少人牺牲了。乱世为人，真不容易。自己的命运，不也正像秋风中的落叶吗？”

第二天的日记中又写道：“向晚，天又阴了起来。空中飘着飞机声。天知道，这象征什么！”隔了几天，8月18日的日记中有：“欧洲局面愈来愈紧张，战争爆发大概就在9月里。我固然沉不住气，Müller也同我一样，念不下书。于是我们就随便闲谈。”Müller是我的德国同学。一滴水中可以见宇宙，从他这个普通的德国人身上，大概也可以看到对战争的态度吧。又隔了几天，在8月25日的日记中，我写道：“12点出来，一看报，情势又不像我想的那样和缓了。看来战争爆发就在今天明天。”

第二天的日记中写道：“昨晚一躺下，就听到街上汽车声、人声不断。一会儿就听到马蹄声。德国恐怕已经下了总动员令。”根据我上面的日记，山雨欲来前的大风已经吹得够紧的了。

我想在这里加一段不无关系的插曲，仍然是根据日记。几天以后在8月29日我写道：“12点出去，想到街上去看一看报，也没看到什么，就绕路回来。我现在走在街上，觉得每个人都注视我。他们似乎在说：‘你们自己国家在打仗，已经打了两年，你不回去。现在我们这里又要打仗，你仍然不回去，你究竟想干什么！’”这种心态十分微妙，含义也十分深刻。现在连我自己都忘记了，今天看到它，难道不能从中学习很多有益的东西吗？

书归正传，我现在继续读下去。到了9月1日，不过是两天以后，我在日记里写道：“昨晚刚睡下，对门就来按铃，知道又出事了。早晨还没起来，就听到无线电里大吵大嚷。听房东说：德波已经开了火。”山雨果然来了，惊天动地的第二次世界大战，就这样看来不平淡而实则很平淡地开始了。它比我预言的还要早，还要快。哥廷根是一个仅有十万人口的小城，Müller不过是一个平平常常的德国大学生，我更不过是一个平平常常的“老外”。我们仅仅能从一个非常渺小的角度上来看这一件大事。但是，小中可以见大，外面广大的世界，仿佛也能包括在这个“小”中。可是我万万没有想到，这一阵满楼大风后的山雨竟一下下了六年。

二　抬眼望尽天涯路

在今后漫长的六年中，我的日记里当然会有很多关于二战的记述，我决没有可能一一抄录。我只再抄几段战争爆发后十几天内的记述，以见一斑，其余的就全免了。

9月7日:“5点出来，在街上走了走，人们熙熙攘攘，一点也看不出战时的景象。”9月11日:“夜里忽然响起了飞机警报来。我知道不会有危险，但也只好随着别人到Keller（地下室）里去躲避。好在不久就解除，仍然上来睡大觉。”9月19日:“5点回家，老希（指希特勒）在无线电里狗叫。”9月26日:“夜里3点，又忽然响起空袭警报来，穿上衣服，走下Keller。还没站稳，警报解除，又回到屋里睡大觉。”9月28日:“现在连面包都要Bezugschein（票），肉同牛油每星期只能领到很少的一点。”

不再往下抄了，总之是日子越来越难过，战火越来越扩大。缺吃少穿，缺这少那，简直是无所不缺。在大学里，阴盛阳衰，讲堂为“半边天”所垄断，男生都抓去当兵了。

就这样，一转眼到了1941年6月22日。这天的日记写道:“早晨一起来，女房东就说:俄德已经开火。这一着早就料到，却没有想到这样快。我朦朦胧胧地感到，二战的转折点就在眼前了。‘长夜漫漫何时旦’？难道说天就快要明了吗？这一天，我怀着愉快的心情，同几个德国男女朋友乘火车出去，到山上水边痛痛快快地乐了一天。”

德国人大概也有点沉不住气了。两天后6月23日的日记中写道：“10点，上Prof. Waldschmidt的课。12点下课，谈了谈我的论文，又谈时局。他轻易不谈政治，今天大概也沉不住气，一直谈到1点半才走。吃了片面包，Müller又上来，又是谈时局。”

在几千万德国人中，他们俩可能代表广大群众的心声。

但是，我有我自己的想法。这个月28日的日记中写道：“东战线的消息一点都不肯定。我猜想，大概德军不十分得手。”

“我猜想”实际上就是“我希望”。然而，我失望了。到了第二天，6月29日，星期日，日记中有：“昨晚听到房东说，今天要有Sondermeldung（特别报道），脑筋里立刻兴奋起来，吃了片安眠药才睡着。……房东说，早晨已经有八个Sondermeidungen。”我最后的希望就在俄国，看来也不济事。黑暗野蛮的时代真要快降临欧洲了。我的神经跳动得极厉害。我实在对俄国共产党（不是共产主义）也无所爱，但我恨国社党更厉害。

从此以后，我们的日子更加难过。天上怕飞机丢炸弹，地上腹内空空，日夜挨饿。而且正像古人所说的：“屋漏偏遭连夜雨，船破又遇打头风。”德国政府承认了南京汉奸政府。我们无论如何也不能同汉奸使馆发生关系，经同张维等商议，向德国警察局宣布无国籍。从此我们就成了没有任何外交保护的中国人，像空中的飞鸟一样，任人弹打了。我们就像地狱里面的一群饿鬼，经受着一生中空前绝后的饥饿与恐怖。

三　柏林王气黯然收

又仿佛一眨眼，四年逝去了。时间已经到了 1945 年的 4 月。

一进 4 月，人们的生活仿佛完全乱了套。我的日记到处都有这样的字样 Voraiarm（预警）、Alarm（警报）、Vorentwarnung（警报解除）、Entwarnung（预警解除）。有时一天反复多次。实际上，这些都没有用。有时候，敌机已经飞在头顶上，射击，投弹，然而却没有警报。现在我一出门，先看看天空伸长耳朵听一听。如无机影、机声，就往前走。如有，则到屋檐下躲一躲。此时街上流言四起，有的人说："哥廷根已宣布为 Offenstadt（不设防城市），可以免遭轰炸。"又有人说："德国已在城西挖战壕。"又有人干脆说："美军这一进城，我就挂出白旗。"可见市民心态之混乱。

到 4 月 8 日，我在日记里写道："Keller（指山上人工植蘑菇的山洞）里非常冷；围了毯子，坐在那里，只是睡不着。"我心里总奇怪，为什么有这样许多人在里面，而且接二连三地往里挤。后来听说，党部已经布告，妇孺都要离开哥廷根。我心里一惊，当然不会再睡着了。好歹盼到天明，仓猝回家吃了点东西，往 Keller 里搬了一批书，又回去。远处炮声响得厉害。Keller 里已经乱成一团。有的说，德国军队要守哥城，有的说，哥城预备投降。蓦地城里响起了五分钟长的警笛，表示敌人快进城来。我心里又一惊，自己的命运同哥城的命运就要在短期内决定了。炮声也觉得挨近了。Keller 前面仓皇跑着德国打败的军队。隔了好久，外面忽然平静下来。有的人出去看，已经看到美国坦克车。里面更乱了，谁都不敢出来，怕美国兵开枪。结果我同一位德国太太出来找到一个美国兵，告诉他这情形，回去通知大家，才陆续走出来。我心里很高兴，自己不能制止自己了，跑到一辆坦克车前面，同美国兵聊起来。我忘记了这是战争状态，枪口都对着弦。回到家来已经三点了。

美国兵就这样进了城。对哥廷根来说，二战结束了。六年长的一场噩梦醒了，“柏林王气黯然收”，法西斯王朝完蛋了。我的二战心影也就到此为止了。

我的心影完全根据当时的日记，决没有掺入半点今天的想法与捏造，是完全真实的。我在德国十年的日记，一天不缺，恐怕有一两百万字。像这样的傻工作，今天留下的真如凤毛麟角了。我以一个个人，在一个极小的地方，管窥二战这样的大事，没有感到一点惊天地泣鬼神的剧烈，我感到的是：大战来得轻率，去得飘忽。如果要谈什么教训的话，我只有一句老生常谈：玩火者必自焚。遗憾的是，今天还有人在那里玩火。

一个抱小孩子的印度人

事情已经过去了二十多年，但是我常常会回忆起一个抱小孩子的印度人。特别是当我第三次踏上印度国土的时候，我更加强烈地想到了他。我现在一看到印度火车，就痴心妄想地希望在熙攘往来的人流中奇迹般地发现他。他仿佛就站在我眼前，憨厚的面孔上浮着淳朴的微笑，衣着也非常朴素。他怀里抱着的那个三四岁的小孩子正在对着我伸出了小手，红润的小脸笑成了一朵花……

当时也正是冬天。当祖国的北方正是千里冰封、万里雪飘的时候，我们却在繁花似锦四季皆夏的印度访问。我们乘坐的火车奔驰在印度北方大平原上。到过印度又乘坐过印度火车的人都知道，印度火车的车厢同中国是完全不一样的。我们的车厢每一节前后都有门，即使在火车飞奔的时候，我们仍然可以从一个车厢走到另一个车厢，来去自如，毫无阻碍。但是印度的车厢却完全不同，它两端都没有门，只在旁边有门，上下车都得走这个门，因此，只有当火车进站停驶时才能上下。火车一开，每一个车厢就形成了一个小小的独立王国，想从一个车厢到另一个车厢去，那就决无可能了。

我们乘的是一节专车，挂在一列火车的后面。车里面客厅、卧室、洗手间、餐厅，样样俱全。我们所需要的东西一概不缺。

火车行驶时，我们就处在这个小天地里，与外界仿佛完全隔绝。当我们面对面坐着的时候，除了几个陪同我们的印度朋友以外，全是中国人，说的是中国话，谈的有时也是中国问题，只有凭窗外眺时，才能看到印度，看到铁路两旁高耸的山峰，蓊郁的树林，潺湲的小溪，汹涌的大河，青青的稻田，盛开的繁花，近处劳动的农民，远处乡村的炊烟。我们也能看到蹲在大树上的孔雀，蹦跳在田间林中的猴子。远处田地里看到似乎有人在耕耘，仔细一看，却全都是猴子。在这时候，只有在这时候，我们才感觉到我们是在印度，我们已经同祖国相隔千山万水了。

我们样样都满足，我们真心实意地感激我们的印度主人。但是我们心里却似乎缺少点什么：我们接触不到印度人民。当然，我们也知道，印度语言特别繁多，我们不可能会所有的语言，即使同印度人民接触，也不一定能够交谈。但是，只要我们看到印度人对我们一点头，一微笑，一握手，一示意，我们就仿佛能够了解彼此的心情，我们就感到无上的满足，简直可以说是赛过千言万语。在这样的时候，语言似乎反而成了累赘，一声不响反而能表达出语言无法表达的东西了。

因此，每到一个车站，不管停车多久，我们总争先恐后地走出车厢，到站台上拥拥挤挤的印度人群中去走上一走，看上一看。我们在这里看到的人当然很多：男的、女的、老的、少的、工人、农民、学生、士兵，还有政府官员模样的，大学教授模样的，面型各不相同，衣服也是五光十色，令人眼花缭乱，目不暇接。但他们看到中国朋友都流露出亲切和蔼的笑容，我们也报以会心的微笑，然后怀着满意的心情走回我们的车厢。

有时候，也遇到热烈欢迎的场面。印度人民不知从哪里知道我们要来，他们扛着红旗，拿着鲜花，就在站台上举行起欢迎大会来。他们讲话，我们答谢。有时甚至迫使火车误点。在这样的欢迎会之后，我们走回自己的车厢，往往看到地毯上散乱地堆满了玫瑰花瓣，再加上我们脖子上戴的花环，整个车厢就充满了香气。佛教不是常讲“众香界”吗？这地方我没有去过，现在这个车厢大概也就是众香界了。

我们在车上几天的日子就是这样度过的，确实是非常振奋，非常动人。时间一长，好像也就有点司空见惯之感了。

但是，我逐渐发现了一件不寻常、不司空见惯的事。在过去的一两天中，我们每次到车站下车散步时总看到一个印度中年人，穿着一身印度人常穿的白布衣服，朴素大方，面貌也是一般印度人所具有的那种忠厚聪慧的面貌，看起来像一个工人或者小公务员，或者其他劳动人民。他怀里抱着一个三四岁的孩子，火车一停，就匆匆忙忙地不知道从哪一个车厢里走出来，走到我们车厢附近，杂在拥挤的人流中，对着我们微笑。当火车快开的时候，我们散步后回到自己的车厢，他又把孩子高高地举在手中，透过玻璃窗，向我们车厢内张望，向我们张望，小孩子对着我们伸出了小手，红润的小脸笑成了一朵花……

他第一次这样做的时候，我并没有注意，也不可能注意。因为类似这样的事情，我们在印度已经遇到多次；而且我们满眼都是印度人，他这个人的容貌和衣着丝毫也没有什么引人注目之处。但是，一次这样，两次这样，每到一站都是这样，这就不能不引起我的注意了：他是什么人呢？他要到哪里去呢？他为什么每一站都来看我们呢？他是不是对我们有什么要求呢？一连串的问号在我脑海里翻腾。我决意自己去解开这个谜。

不久，我们就来到一个车站上。现在我已经忘记了车站的名字，在记忆中反正是一个相当大的站，停车时间比较长。车一停，当那位印度朋友又抱着孩子来到我们车厢旁的时候，我立刻下了车，迎面走上前去，向他合十致敬。这一位憨厚的人有点意外，脸上紧张了一刹那，但立刻又恢复了常态，满脸笑容，对我答礼。我先问他要到什么地方去，他腼腼腆腆地不肯直接答复。我又问他是不是对我们有什么要求，他又腼腆地一笑，不肯回答我的问题。经我再三询问，他才告诉我说："我实际上早已到了目的地，早就该下车了。但是我在德里上车以后，发现中国文化代表团就在这一列车上。我从小就听人说到中国，说到中国人，知道中国是印度的老朋友。前几年，又听说中国解放了，中华人民共和国成立了。我觉得很好奇，很想了解一下中国。但是连我自己都从来没有见过中国人，更不用说我的小孩子了。我自己是个小职员，怎么能了解中国和中国人呢？现在中国朋友就在眼前，这个机会无论如何不能放过呀！我的小孩子虽然还不懂事，我也要让他见一见中国人，让他在幼小的心灵里埋下印中友好的种子。我于是就补了车票。自己心里想：到下一站为止吧！但是到了下一站，你们好像吸铁石一样，吸引住了我。我又去买了车票，到下一站为止吧！我心里又这样想。就这样一站一站地补下来。自己家里本来不富，根本没有带多少钱出来，现在钱也快花光了。你们又同我谈了话，我的愿望就算是达到了。我现在就到车站上去买回头的票，回到一个车站去，看我的亲戚去了。希望你们再到印度来，我也希望能到中国去。至少我的小孩子能到中国去。祝你幸福！我们暂时告别吧！”

这些话是非常简单朴素的，但是我听完了以后，心里却热乎乎的。我眼前的这个印度朋友形象忽然一下子高大起来，而且身上洋溢着光辉。我只觉得满眼金光闪闪。连车站附近那些高大的木棉树上碗口大的淡红的花朵都变得异样地大，异样地耀眼。他一下子好像变成了中印友谊的化身。我抓住了他的双手，一时说不出话来。他仍然牢牢地抱住自己的孩子。我用手摸了摸小孩子的脸蛋，他当然还不懂什么是中国人，但他却天真地笑了起来。我祝愿他幸福康宁，祝愿他的小孩子茁壮成长。我对他说，希望能在中国见到他。他似乎也有点激动起来，也祝愿我旅途万福，并再一次希望我再到印度来。开车的时间已到，他匆忙地握了握我的手，便向车站的售票处走去。在熙熙攘攘的人群中，他还不时回头看，他的小孩子又对着我伸出了一双小手，红润的脸笑成了一朵花……

到现在将近三十年过去了。我当然没能在中国看到他。今天我又来到了印度，仍然看不到他和他的孩子，不管我怎样望眼欲穿，也是徒劳。这个小孩子今年也超过三十岁了吧，是一个大人了。我不知道他们父子今天在什么地方，他们在干什么。这小孩子是否还能回忆起自己三四岁时碰到中国叔叔的情景呢？“明日隔山岳，世事两茫茫”，我们古代的诗人这样歌唱过了。我们现在相隔的岂止是山岳？简直是云山茫茫，云天渺渺。恐怕只有出现奇迹我才能再看到他们了。但是世界上能有这样的奇迹吗？

塔什干的一个男孩子

塔什干毕竟是一个好地方。按时令来说，当我们到了这里的时候，已经是秋天，淡红淡黄斑驳陆离的色彩早已涂满了祖国北方的山林；然而这里还到处盛开着玫瑰花，而且还不是一般的玫瑰花——有的枝干高得像小树，花朵大得像芍药、牡丹。

我就在这样的玫瑰花丛旁边认识了一个男孩子。

我们从城外的别墅来到市内，最初并没有注意到这一个小男孩。在一个很大的广场里，一边是纳瓦依大剧院，一边是为了招待参加亚非作家会议各国代表而新建的富有民族风味的塔什干旅馆，热情的塔什干人民在这里聚集成堆，男女老少都有。在这样一堆堆的人群里，一个普普通通的小孩子怎么能引起我们的注意呢？

但是，正当我们站在汽车旁边东张西望的时候，忽然听到细声细气的儿童的声音，说的是一句英语："您会说英国话吗？"我低头一看，才看到一个十二三岁的小男孩。他穿了一件又灰又黄带着条纹的上衣，头发金黄色，脸上稀稀落落有几点雀斑，两只蓝色的大眼睛一忽闪一忽闪的。

这个小孩子实在很可爱，看样子很天真，但又似乎懂得很多的东西。虽然是个男孩，却又有点像女孩，羞羞答答，欲进又退，欲说又止。

我就跟他闲谈起来。他只能说极简单的几句英国话，但是也能把自己的意思表达出来。他告诉我，他的英文是在当地的小学里学的，才学了不久。他有一个通信的中国小朋友，是在广州。他的中国小朋友曾寄给他一个什么纪念章，现在就挂在他的内衣上。说着他就把上衣掀了一下。我看到他内衣上的确别着一个圆圆的东西。但是，还没有等我看仔细，他已经把上衣放下来了。仿佛那一个圆圆的东西是一个无价之宝，多看上两眼，就能看掉一块似的。我可以很清楚地看到，这一个看来极其平常的中国徽章在他的心灵里占着多么重要的地位；也可以看到，中国和他的那一个中国小朋友，在他的心灵里占着多么重要的地位。

我同这一个塔什干的男孩子第一次见面，从头到尾，总共不到五分钟。

跟着来的是极其紧张的日子。

在白天，上午和下午都在纳瓦依大剧院里开会。代表们用各种不同的语言发言，愤怒控诉殖民主义的罪恶。我的感情也随着他们的感情而激动，而昂扬。

一天下午，我们正走出塔什干旅馆，准备到对面的纳瓦依大剧院里去开会。同往常一样，热情好客的塔什干人民，又拥挤在这一个大广场里，手里拿着笔记本，或者只是几张白纸，请各国代表签名。他们排成两列纵队，从塔什干旅馆起，几乎一直接到纳瓦依大剧院，说说笑笑，像过年过节一样。整个广场成了一个欢乐的海洋。

我陷入夹道的人堆里，加快脚步，想赶快冲出重围。

但是，冷不防，有什么人从人丛里冲了出来，一下子就把我抱住了。我吃了一惊，定神一看，眼前站着的就是那一个我几乎已经完全忘记了的小男孩。

也许上次几分钟的见面就足以使得他把我看作熟人。总之，他那种胆怯羞涩的神情现在完全没有了。他拉住我的两只手，满脸都是笑容，仿佛遇到了一个多年未见十分想念的朋友和亲人。

我对这一次的不期而遇也十分高兴。我在心里责备自己："这样一个小孩子我怎么竟会忘掉了呢？"但是，还有人等着我一块走，我没有法子跟他多说话，在又惊又喜的情况下，一时也想不起说什么话好。他告诉我："后天，塔什干的红领巾要到大会上去献花，我也参加。"我就对他说："那好极了。我们在那里见面吧！"

我倒是真想在那一天看到他的。第二次的见面，时间比第一次还要短，大概只有两三分钟。但是我却真正爱上了这一个热爱中国、热爱中国人民的小孩子。我心里想：第一次见面是不期而遇，我没有能够带给他什么东西当作纪念品；第二次见面又是不期而遇，我又没有能够带给他什么东西当作纪念品。我心里十分不安，仿佛缺少了什么东西，有点惭愧的感觉。

跟着来的仍然是极其紧张的日子。

大会开到了高潮，事情就更多了。但是，我同那个小孩子这一次见面以后，我的心情同第一次见面后完全不同了。不管我是多么忙，也不管我在什么地方，我的思想里总常常有这个小孩子的影子。它几乎霸占住我整个的心。我把所有的希望都寄托在他要到大会上去献花的那一天上。

那一天终于来到了。气氛本来就非常热烈的大会会场，现在更热烈了。成千成百的男女红领巾分三路涌进会场的时候，全场响起了雷鸣般的掌声。一队红领巾走上主席台给主席团献花。这一队红领巾里面，男孩女孩都有，最小的也不过五六岁，还没有主席台上的桌子高，但也站在那里，很庄严地朗诵诗歌，头上缠着的红绿绸子的蝴蝶结在轻轻地摆动着。主席台上坐着来自三四十个国家的代表团的团长，他们的语言不同，皮肤颜色不同，宗教信仰不同，社会制度不同，但是现在都一齐站起来，同小孩子握手拥抱，有的把小孩子高高地举起来，或者紧紧地抱在怀里。对全世界来说，这是一个极有意义的象征，它象征着全世界爱好和平的人们的大团结。我注意到有许多代表感动得眼里含着泪花。

我也非常感动。但是我心里还记挂着一件事情：我要发现那一个塔什干的男孩。我特意带来了一张丝织的毛主席像，想送给他，好让他大大地高兴一次。我到处找他，挨个看过去，看了一遍又一遍。这些男孩的衣服都一样，女孩子穿着短裙子，男女小孩还可以分辨出来；但是，如果想在男小孩中间分辨出哪个是哪个，那就十分困难了。我看来看去，眼睛都看花了。我眼前仿佛成了一片红领巾和红绿蝴蝶结的海洋，我只觉得五彩缤纷，绚丽夺目。可是要想在这一片海洋里捞什么东西，却毫无希望了。一直等到这一大群孩子排着队退出会场，那一张有着金黄色的头发、上面长着两只圆而大的眼睛和稀稀落落的雀斑的脸，却无论如何也没有找到。

我真是从内心深处感到失望，但是我却是一点办法都没有。只怪我自己疏忽大意，既没有打听那一个男孩的名字，也没有打听他的住处、他的学校和班级。当我们第二次见面，他告诉我要来献花的时候，我丝毫也没有想到，我们竟会见不到面。现在想打听，也无从打听起了。

会议眼看就要结束了。一结束，我们就要离开这里。我一想到这一点，心里就焦急不堪。但是我也并没有完全放弃了希望。每一次走过广场的时候，我都特别注意向四下里看，我暗暗地想：也许会像我们第二次见面那样，那个男孩子会蓦地从人丛中跳出来，两只手抱住我的腰。

但是结果却仍然是失望。

会议终于结束了。第二天我们就要暂时离开这里，到哈萨克加盟共和国的首都阿拉木图去做五天的访问。在这一天的黄昏，我特意到广场上去散步，目的就是寻找那一个男孩子。

我走到一个书亭附近去，看到台子上摆满了书。亚非各国作家作品的俄文和乌兹别克文译本特别多，特别引人注目。有许多人挤在那里买书。我在那里站了一会儿，想在拥挤的人堆里发现那个男孩子。

我走到大喷水池旁。这是一个大而圆的池子，中间竖着一排喷水的石柱。这时候，所有的喷水管都一齐开放，水像发怒似的往外喷，一直喷到两三丈高，然后再落下来，落到墨绿的水池子里去。喷水柱里面装着红绿电灯，灯光从白练似的水流里面透了出来，红红绿绿，变幻不定，活像天空里的彩虹。水花溅在黑色的水面上，翻涌起一颗颗的珍珠。

我喜欢这一个喷水池，我在这里站了很久。但是我却无心欣赏这些红红绿绿的彩虹和一颗颗的白色珍珠；我是希望能够在这里找到那一个小孩子的。

我走到广场两旁的玫瑰花丛里去，这也是我特别喜欢的地方。这里的玫瑰花又高又大又多，简直数不清有多少棵。人走进去，就仿佛走进了一片矮小的树林子。在黄昏的微光中，碗口大的花朵颜色有点暗淡了，分不清哪一朵是黄的，哪一朵是红的，哪一朵又是红里透紫的。但是，芬芳的香气却比白天阳光普照下还要浓烈。我绕着玫瑰花丛走了几周，不管玫瑰花的香气是多么浓烈，我却仍然是醉翁之意不在酒，我是来寻找那一个男孩子的。

我当时就想到，我这种做法实在很可笑，哪里就会那样凑巧呢？但是我又不愿意承认我这种举动毫无意义。天底下凑巧的事情不是很多很多的吗？我为什么就一定遇不到这样的事情呢？我决不放弃这万一的希望。

但是，结果并不像想象的那样，我到处找来找去，终于怀着一颗失望的心走回旅馆去。

第二天，天还没有明，我们就乘飞机到阿拉木图去了。在这个美丽的山城里访问了五天之后，又在一天的下午飞回塔什干来。

我们这一次回来，只能算是过路，第二天天一亮，我们就要离开这里了。这一次离开同上一次不一样，这是真正的离开。

这一次我心里真正有点急了。

吃过晚饭，我又走到广场上去。我走近书亭，上面写着人名书名的木牌还立在那里。我走过喷水池，白练似的流水照旧泛出了红红绿绿的光彩。我走过玫瑰花丛，玫瑰在寂寞地散放着浓烈的香气。我到处徘徊流连，我是怀着满腔依依难舍的心情，到这里来同塔什干和塔什干人民告别的。

实在出我意料，当我走回旅馆的时候，我从远处看到旅馆门口有几个小男孩挤在那里，向里面探头探脑。我刚走上台阶，一个小孩子一转身，突然扑到我的身边来：这正是我已经寻找了许久而没有找到的那一个男孩。这一次的见面带给他的喜悦，不但远非第一次见面时的喜悦可比，也决非第二次见面时他的喜悦可比。他紧紧地抓住我的双手，双脚都在跳；松了我的手，又抱住我的腰，脸上兴奋得一片红，连气都喘不上来了。

他断断续续地告诉我，他是来找我的，过去五天，他天天都来。

“你怎么知道我还在这里呢？”

“我猜您还在这里。”

“别的代表都已经走了，你这猜想未免太大胆了。”

“一点也不大胆，我现在不是找到您了吗？”

我大笑起来，不得不承认他是对的。

这是一次在濒于绝望中的意外的会见。中国旧小说里有两句话：“踏破铁鞋无觅处，得来全不费工夫。”并不能写出我当时的全部心情。“蓦然回首，那人却在，灯火阑珊处”，也只能描绘出我的心情的一小部分。我从来不相信世界上会有什么奇迹；现在我却感觉到，世界上毕竟是有奇迹的，虽然我对这一个名词的理解同许多人都不一样。

我当时十分兴奋，甚至有点慌张。我说了声：“你在这里等我，不要走！”就跑进旅馆，连电梯也来不及上，飞快地爬上五层楼，把我早已经准备好了的礼物拿下来，又跑到餐厅里找中国同志要毛主席纪念章，然后匆匆忙忙地跑出去。我送给那一个男孩子一张织着天安门的杭州织锦和一枚毛主席像的纪念章，我亲手给他别在衣襟上。同他在一块的三四个男孩子，我也在每个人的衣襟上别了一枚毛主席像的纪念章。这一些孩子简直像一群小老虎，一下子扑到我身上来，搂住我的脖子，在我脸上使劲地亲吻。在惊慌失措中，我清清楚楚地听到清脆的吻声。

我现在再不能放过机会了，我要问一下他的姓名和住址。他就在我的笔记本上写了：谢尼亚·黎维斯坦。我们认识了也好多天了，在这临别的一刹那，我才知道了他的名字。我叫了他一声：“谢尼亚！”心里有说不出的感觉。只写了姓名和地址，他似乎还不满意，他又在后面加上了几句话：

> 我永远也不会忘记您，亲爱的季羡林！希望您以后再回到塔什干来。再见吧，从遥远的中国来的朋友！
>
> 谢尼亚

有人在里面喊我，我不得不同谢尼亚和他的小朋友们告别了。

因为过于兴奋，过于高兴，我在塔什干最后的一夜又是一个失眠之夜。我翻来覆去地想到这一次奇迹似的会见。这一次会见虽然时间仍然不长，但是却很有意义。在我这方面，我得到机会问清楚这个小孩子的姓名和地址，以便以后联系；不然的话，他就像是一滴雨水落在大海里，永远不会再找到了。在小孩子方面，他找到了我，在他那充满了对中国的热爱的小小的心灵里，也不会永远感到缺了什么东西。这十几分钟会见的意义是无法用言语表达的。

想来想去，无论如何再也睡不着。我站起来，拉开窗幔：对面纳瓦依大剧院的霓虹灯还在闪闪发光。广场上只有稀稀落落的几个人影。那一丛丛的玫瑰花的确是看不清楚了，但是，根据方向，我依然能够知道它们在什么地方；我也知道，在黑暗中，它们仍然在散发着芬芳浓烈的香气。

星光的海洋

星光，星光，星光……

到处都是星光。

是星光的瀚海，是星光的大洋，是星光的密林，是星光的丛莽；有红，有绿；有白，有黄；有大，有小；有弱，有强；有明，有暗；有高，有低；有远，有近；有疏，有密；有的成堆，有的成行；有的排成一线，有的组成一方；瞻之在前，忽焉在后；光辉灿烂，绵延数十里；汪洋浩瀚，好像充塞了天地。有时候，这星光的海洋似乎已经达到了黑暗的边缘；我满以为，在此之外，已是无边无际的大黑暗了。然而，只要一转瞬，再往上一看，依然是一片星光。

星光，星光，星光……

到处都是星光。

是夏夜的星空从天上落到地上来了吗？是哪一个神话世界里的神灯从虚无缥缈的高天上飘到人间来了吗？我有点迷惑，有点恍惚，有点好奇，有点糊涂。我注意探讨，仔细研究，猛然发现，这些都不是，都不是。这根本不是星光，而是绵延不断的灯光。

我抬头向上看，在这一片我原来误认为是星光的灯光上面，亮晶晶的一大片，大大小小的一群在那里眨着眼睛，那才是真正的星光。我低头向下看，看到星光和灯光在水面上的倒影，金光闪闪，像一条条的金蛇。原来就在我脚下，在我伫立的一个小小的山头的下面几十米深的黑暗处，从左边流来了嘉陵江，从右边流来了不尽长江滚滚来的长江。江声低咽，金波摇影。我现在不是在天上，而是在人间；不是在人间别的地方，而是在嘉陵江和长江汇流处的重庆。嘉陵江上通四川辽阔的地区，长江下达更辽阔的地区，一直通到大海。我正站在祖国的大地上，我眼前是重庆，是重庆的夜晚，眼前的一片星光是这座山城高高低低的山坡上的群灯。

在白天里，我曾在这一座山城里蜂房般的鳞次栉比的房屋的迷宫中漫游。我曾出出进进于大小商店之中，看点什么，买点什么。我也曾在大街上滚滚的人流中漫步，没有什么固定的目的，只是作为一个外地人，一个旁观者看看而已。我看玻璃窗里陈列的五光十色的商品；我看街旁菜摊上摆的有一些我叫不出名的蔬菜。我间或也能看到一些少数民族的妇女穿着花团锦簇颜色鲜艳的服装，头上和手上戴着的首饰闪闪发出银白色的光芒。我顾而乐之，忘记了时间的流逝。

最使我难忘的是我瞻仰的一些革命圣地，比如红岩、曾家岩、周公馆、桂园等等。特别是红岩，更给我留下了永不磨灭的印象。我怀着十分虔敬的心情在这个革命圣地里走上走下，在那些大大小小的房间里瞻望。我的步履很轻很轻，我几乎屏止住了呼吸。我一向景仰的那一些革命前辈仿佛还住在这里，我不敢放肆，我怕打扰了他们的清神。在院子里，虽然现在时令已是冬天，但是那些五颜六色的菊花却傲然凌霜怒放，显示出与众不同的骨气。最引起我注意的是一丛开着红色花朵的我不知道名字的蔓藤，红得像火焰，像朝霞，耀眼惊心。就在这红色花朵的旁边矗立着一棵高大的黄桷树。在那黑云压城特务横行的日子里，在这棵大树的向外面的一侧是阴间。过了这棵树是红岩的主楼，就是阳间。因此，人民群众把这棵大树称作阴阳树。今天我来到了这棵树下，看到它枝干突兀腾跃，矫健挺拔，尖顶直刺灰蒙蒙的天空，好像把我的心情也带向高处。站在树下，我久久不想离去。今天我们全国人民都住在阳间，阴间已经消失得无影无踪了。我心头之兴奋可以想见了。也许是由于兴奋过度，我没有注意树上是否有灯。即使有的话，我也决不会把灯光误认为星光。

眼前白天已经转入暗夜，我登上了长江和嘉陵江汇流处的三角洲头。白天看到的那一些密密麻麻的大街、小巷、高楼、低舍，我都看不到了，都没入一片迷茫的黑暗中。我眼前看到的只有万家灯火，高高低低，前后左右，汇成了一片星光的海洋。

我当然不知道红岩、曾家岩、周公馆、桂园等等都在什么地方。我更不知道，那里现在是否都亮起了红灯。但是，我确信，在这一片灯光的海洋中，有几盏灯就是挂在那里的。红岩、曾家岩、周公馆、桂园，每一个窗口都会有闪亮的红灯让灯光流出，汇入这浩渺的灯光的海洋里。其中那最明亮、最高大的一盏一定是挂在阴阳树上。在它辉耀的光线的照耀下，我仿佛看到了大树下那些傲霜怒放的菊花，小红灯笼似的累累垂垂的花朵，衬托着碧绿的叶子，散发出无穷的活力。当年在这一座黑暗弥天的山城里，那些向往光明的人们，特别是青年们，一定是望眼欲穿地望着阴阳树上的这一盏明灯而欢欣鼓舞。这明灯给他们以信心，给他们以勇气，给他们以方向，给他们以安身立命之地。他们终于在灯光的照耀下，慢慢地冲出黑暗，奔向光明。我那时虽然不在重庆，但是，我确信，一定是有这样一盏灯的，而这灯又必然是异常明亮，异常光辉灿烂的。

今天，弥天的黑暗已经永远消失了，光明降临到大地上。我来到了重庆，缅怀往事，心潮腾涌。我很后悔，为什么当年竟没能够来到这里，看一看红岩、曾家岩、周公馆和桂园等地，献上我的一瓣心香？现在，我站在两江汇流处的三角洲山头上，面对山城的万家灯火，五十年的往事一下子涌上心头。回首前尘，唯余感慨，瞻望未来，意气风发。我完完全全沉浸在幻想之中。一转瞬间，眼前的万家灯火又突然变成了星光。这星光把我带到天上去，带到那片能抒发畅想曲的碧落中去。

星光，星光，星光……

到处都是星光。

中餐与西餐

中国是文明古国，有四大发明或者更多的发明，震撼世界，对人类的进步和福利，做出了无法代替无可怀疑的贡献，至今我们引以自豪。可惜这些都已经是过去的辉煌，“俱往矣”掩盖不住我们今天的技术落后。

今天，在全世界范围内，我们引以自豪的，只剩下了饮食一项。世界上几乎所有的大城市都有中国餐馆，有的餐馆主人并不是中国人，然而也假中国之名以招徕食客。中国人在外混不下去的时候，也往往以餐馆为最后逋逃薮。据说，前几年，北京饭馆还不算太多的时候，巴黎中餐馆有一千多家，超过北京。我曾在世界上许多国家的中国饭馆里吃过饭，老外——按事实来讲，应该说是“老内”，因为毕竟是他们自己的国家嘛——总是趋之若鹜，看起来是吃得津津有味。看到了这现象，我心里很不是滋味，又喜又悲：现在好像只有饭馆能为国争光了！

然而在我们国内怎样呢？看了不禁令人气短。我们国内，至少是在北京，在餐饮业界横冲直撞的是肯德基、麦当劳、比萨饼、加州牛肉面，现在又来了什么澳式快餐；喝的是可口可乐、百事可乐、雪碧等等，统统是舶来品。我不能说这些东西都不能吃，它们也确有一些自己的特点，不能一概抹杀。然而这些特点却确实没有什么了不起，比起中国饭菜饮料之博大精深，历史之悠久来，简直如小巫之见大巫。著名的英籍女作家韩素音坚决不喝可口可乐，我现在已经成了她的忠实信徒。

我们的广告宣传在这方面不能不负责任。记得电视广告中有一个宣传肯德基的广告，一个小孩坐在餐桌旁，父母殷殷勤勤端来了各种中国的美味佳肴，端一样上来，小孩眉头一皱，怒气冲冲地说:“不吃！”又端一样上来，仍然是个“不吃！”最后端来了肯德基家乡鸡，小孩立即转怒为喜，眉开眼笑，说:“我就吃这个！”试问这样一个广告，除了电视台大收广告费之外，会起什么作用？会对我们的儿童，决定我国未来的命运的这些祖国的花朵起什么影响？我真不寒而栗。

直白地说，现在国内确实弥漫着一种无孔不入的崇洋羡(我不用“媚”字)外的风气。这种风气来源已久，冰冻三尺，非一日之寒。但是，我们必须正视这种风气的恶劣影响，不能回避。一个失去民族自信心的民族是一个没有出息的民族!

我相信，这只能是暂时的现象。还是那一句老话:“三十年河东，三十年河西。”将来一定会改变的。有朝一日风雷动，离开河西到河东。

负笈德意志

不管我一生遭遇过多少坎坷，但是，总起来看，我的机遇是出乎意料地好。换一句通俗的话就是，我的运气好。如果我不从家乡到济南，我一生恐怕就只能是一个文盲的贫农。在清华大学毕业以后，我万般无奈回到济南省立高中，当了一年国文教员。我学的是西洋文学，怎么当起国文教员来了呢？当时有一个奇怪的逻辑：写上几篇散文什么的，就算是作家；只要是作家，就能教国文。我就是在这样逻辑的支配下走上了国文讲台的。我能吃几碗干饭，我自己心里有底儿。留学镀金之梦未成，眼前手中的饭碗难捏，因此终岁郁郁寡欢。谁料正在这个关键时刻，命运之神——如果有这样一位神灵的话——又一次来叩我的门：我考上了清华大学同德国协议互派的交换研究生。这第二次机遇的意义决不下于第一次。如果没有这一次机遇的话，我终生大概只能当一个手中饭碗随时都摇摇欲坠的中学教员。至于什么学术研究，即使真如我在上面所说的那样有一个“轫”，这个“轫”即使“发”了，科研之车走不了几步，也会自动停下来的。

进入哥廷根大学

我于 1935 年夏取道西伯利亚铁路到了德国柏林，同年深秋到了哥廷根，入哥廷根大学读书。哥廷根是一座只有十万多人口的小城，但是大学却已有五六百年的历史，历代名人辈出，是一座在世界上有名的大学。这一所大学并没有一个固定而集中的校址，全城各个角落都有大学的学院或研究所。全城人口中约有五分之一是流转不停的大学生。

德国大学有很多特点，总的精神是绝对自由。根本没有入学考试，学生愿意入哪个大学就入哪个。学习期限也没有规定，也无所谓毕业，只要博士学位拿到手，就算是毕了业。常见或者常听说，中国某大学的某教授是德国某大学毕业的，我觉得非常好笑，不知道他的“毕业”指的是什么。这只能蒙蔽外行人而已。一个学生要想拿到博士学位，必须读三个系：一个主系，两个副系。这些系全由学生自己选定，学校不加干涉。任何与主系不相干的系都可以作为副系。据说当年有一个规定：想拿哲学博士学位，三个系中必须有一个是哲学。我去的时候，这个规定已经取消了。听说汉堡有一位学数学的中国留学生，主系当然是数学，两个副系确实有点麻烦。为省力计，他选汉学当副系之一。他自以为中国话说得比德国教授要好，于是就掉以轻心，不把德国教授看在眼中。论文写成后，主系教授批准他口试。口试现场，三系教授都参加。汉学教授跟他开了一个小小的玩笑，开口问他：“杜甫与莎士比亚，谁早谁晚？”大概我们这一位青年数学家对中国文学史和英国文学史都不太通，只朦朦胧胧地觉得杜甫在中国属于中世纪，而莎士比亚在英国则似乎属于茫昧的远古。他回答说：“莎士比亚早，杜甫晚。”汉学教授没有再提第二个问题，斩钉截铁地说：“先生！你落第了！”可怜一个小玩笑，断送功名到白头。

学生上课，也是绝对自由的，可以任意迟到，任意早退。教授不以为忤，学生坦然自若。除了最后的博士论文口试答辩以外，平常没有任何考试。在大课堂上，有的课程只需在开始时请教授在“学习簿”（Studienbuch）上签一个名，算是“报到”（Anmeldlung），以后你愿听课，就听；不愿意听，就不必来。听说，有的学生在“报到”之后，就杳如黄鹤，永远拜拜了。有的课程则需要“报到”和课程结束时再请教授签字，叫作 Abmeldung（注销），表示这个课程你自始至终地学习完了。这样的课程比较少，语言课都属于此类。学生中只“报到”而不“注销”者大有人在。好在大学并不规定结业年限。因此，德国大学中有一类特殊人物，叫作 Ewiger Student（永恒的学生），有的都有了十年、二十年学习的历史，仍然照常“报到”不误。

但是，德国教授也并不是永远不关心学生。当一个学生经过在几所大学游学之后最后选定了某一所大学、某一个教授，他便定居下来，决定跟这位教授作博士论文。但是，到了此时，教授并不是任何一个学生都接受的，他要选择、考验。越是出名的教授，考验越严格，学生必须参加他的讨论班（Seminar）。

教授认为他孺子可教，然后才给他出博士论文的题目。如果认为他没有培养前途，则坦言拒绝。德国大学对博士论文的要求是相当严的，这在世界上也是有口碑载道的。博士论文当然也有高低之分，但是起码必须有新东西、新思想、新发现；不管多大多小，必须有点新东西，则是坚定不可移的。在世界上许多国家，都有买博士论文的现象，但我在德国十年，还没有听说过，这是颇为难得的。博士论文完成时间没有规定，这是符合客观规律的。据我看，无论是文科，还是理科，要有新发现，事前是无法制订计划的。中国大学规定博士论文必须按期完成，这是不懂科研规律的一种表现，亟须加以改正，以免贻笑方家。

入学五年内我所选修的课程

入哥廷根大学是我一生，特别是在学术研究方面的一个巨大的转折点。我不妨把学习过程叙述得详细一点。我想先把登记在“学习簿”上的课程逐年逐项都抄在下面，这对了解我的学习过程会有极大的用处。时隔半个世纪，我又多次迁徙，中间还插入了一个“文化大革命”，这一本“学习簿”居然能够完整地保留下来，似有天助，实出我意料，真正是喜出望外。

我这一本“学习簿”，封面上写着“全国编号”：A / 3438；“大学编号”：/ A167。发给时间是1935年11月9日。“专业方向”（Studium，Fachrichtung）最初写的是“德国语文学”，后来改为“印度学”。可见我初到哥廷根大学时，还不甚了解全校课程安排情况。开始想学习德国语文学，第二学期才知道有梵文，所以改为印度学。我现在按年代顺序把我所有选过的课程都一一抄在下面，给读者一个全面而具体的印象，抄完以后，再稍加必要的解释。哥廷根大学毕竟是我的学术研究真正发轫的地方，所以我不厌其详。

1935—1936 年冬学期（Winter-Halbjahr）

Prof. Neumann	中世纪早期德国文学创作和德国著作
Dr. Lugowski	17 世纪德国文学创作史
Prof. Wilde	新英语语言史
Dr. Rabbow	初级希腊文（实际上没去上课）

1936 年夏学期（Sommer-Halbjahr）

Prof. Neumann	德国骑士文学的繁荣时期
Prof. Wilde	1880 年至目前的英国文学
Prof. May	较新的德国文学的分期问题
Prof. Unger	1787 年以后的席勒
Dr. Lugowski	人文主义和宗教改革时期的德国文学创作（没有上）
Prof. Roeder	乔叟的语言和诗艺（没有上）
Dr. Weber	英美留学生的德语课程
Prof. Waldschmidt	初级梵文语法

1936—1937 年冬学期

Prof. Waldschmidt	梵文简单课文
Prof. Waldschmidt	译德为梵的翻译练习
Prof. Waldschmidt	印度艺术和考古工作（早期）
Prof. Wilde	直至莎士比亚的英国戏剧史
Prof. Wilde	英国语言的结构形成
Prof. May	十九世纪的德国文学创作

1937 年夏学期

Prof. Waldschmidt	马鸣菩萨的佛所行赞
Prof. Waldschmidt	巴利文
Prof. von Soden	初级阿拉伯文

1937—1938 年冬学期

Prof. Waldschmidt	印度学讨论班：梨俱吠陀
Prof. Waldschmidt	南印度的土地和民族的基本特征
Prof. von Soden	简易阿拉伯文散文

1938 年夏学期

Prof. Waldschmidt	艺术诗（Kunstgedicht）（迦梨陀娑）
Prof. Waldschmidt	印度学讨论班：Brhadāranyaka-Upanisad
Prof. von Soden	阿拉伯文散文

Prof. Haloun	汉学讨论班：早期周代的铭文

1938—1939 年冬学期

Prof. Waldschmidt	巴利文：长阿含经
Prof. Waldschmidt	印度学讨论班： 东土耳其斯坦的梵文佛典
Prof. Waldschmidt	印度风俗与宗教
Dr. von Grimm	初级俄文练习

1939 年夏学期

Prof. Waldschmidt	梵文 Chāndogyopanisat
Prof. Waldschmidt	印度学讨论班： Lalitavistara（普耀经）
Prof. Wilde	英国的德国观
Dr. Barkas J. M. Synge	剧本讲解
Prof. Braun	斯拉夫语言结构的根本规律
Dr. von Grimm	高级俄文练习

1939 年秋学期

Prof. Sieg	印度学讨论班： Dandin 的十王子传
Prof. Sieg	梨俱吠陀选读
Prof. Braun	斯拉夫语句型学和文体学
Prof. Braun	俄国与乌克兰

Prof. Braun	塞尔维亚－克罗地亚文
Dr. von Grimm	高级俄文练习

1939—1940 年冬学期

Prof. Sieg	讨论班：Kāsikā 讲读
Prof. Sieg	梨俱吠陀选读
Prof. Braun	十九世纪俄国文学史
Prof. Braun	斯拉夫语言的主要难点
Dr. von Grimm	高级俄文练习

1940 年夏学期

Prof. Sieg	吠陀散文
Prof. Sieg	讨论班：Bhāravi 的 Kirātārjunīya 讲读
Prof. Roeder	向大自然回归时期的英国文学史
Prof. Braun	俄罗斯精神史中的俄罗斯和欧洲问题
Dr. von Grimm	高级俄文练习

我的学习簿就到此为止，自 1935 年起至 1940 年止，共十一个学期。

十年回顾

在我一生六十多年的学术研究的过程中，德国十年是至关重要的关键性的十年。我在上面已经提到过，如果我的学术研究有一个发轫期的话，真正的发轫不是在清华大学，而是在德国哥廷根大学。我也提到过，如果我不是出于一个非常偶然的机遇来到德国的话，我的一生将会完完全全是另一个样子。我今天究竟会在什么地方，还能不能活着，都是一个未知数。

但是，这个十年并不是一个简单的十年，有它辉煌成功的一面，也有它阴暗悲惨的一面。所有这一切都比较详细地写在我的《留德十年》一书中，读者如有兴趣，可参阅。因为我现在写的《自述》重点是在学术；在生活方面，如无必要，我不涉及。我在上面写的我在哥廷根十年的学术活动，主要以学术论文为经，写出了我的经验与教训。我现在想以读书为纲，写我读书的情况。我辈知识分子一辈子与书为伍，不是写书，就是读书，二者是并行的，是非并行不可的。

我已经活过了八个多十年，已经到了望九之年。但是，在读书条件和读书环境方面，哪一个十年也不能同哥廷根的十年相比。在生活方面，我是一个最枯燥乏味的人，所有的玩的东西，我几乎全不会，也几乎全无兴趣。我平生最羡慕两种人：一个是画家，一个是音乐家。而这两种艺术是最需天才的，没有天赋而勉强对付，决无成就。可是造化小儿偏偏跟我开玩笑，只赋予我这方面的兴趣，而不赋予我那方面的天才。《汉书·董仲舒传》说：“古人有言曰：‘临渊羡鱼，不如退而结网。’”我极想“退而结网”，可惜找不到结网用的绳子，一生只能做一个羡鱼者。我自己对我这种个性也并不满意。我常常把自己比作一盆花，只有枝干而没有绿叶，更谈不到有什么花。

在哥廷根的十年，我这种怪脾气发挥得淋漓尽致。哥廷根是一个小城，除了一个剧院和几个电影院以外，任何消遣的地方都没有。我又是一介穷书生，没有钱，其实也是没有时间冬夏两季到高山和海滨去旅游。我所有的仅仅是时间和书籍。学校从来不开什么会。有一些学生会偶尔举行晚会跳舞。我去了以后，也只能枯坐一旁，呆若木鸡。这里中国学生也极少，有一段时间，全城只有我一个中国人。这种孤独寂静的环境，正好给了我空前绝后的读书的机会。我在国内不是没有读过书，但是，从广度和深度两个方面来看，什么时候也比不上在哥廷根。

我读书有两个地方，分两大种类：一个是有关梵文、巴利文和吐火罗文等等的书籍，一个是汉文的书籍。我很少在家里读书，因为我没有钱买专业图书，家里这方面的书非常少。在家里，我只在晚上临睡前读一些德文的小说，Thomas Mann 的名著 Buddenbrooks 就是这样读完的。我早晨起床后在家里吃早点，早点极简单，只有两片面包、一点黄油和香肠。到了后来，第二次世界大战爆发后，首先在餐桌上消逝的是香肠，后来是黄油，最后只剩一片有鱼腥味的面包了。最初还有茶可喝，后来只能喝白开水了。早点后，我一般是到梵文研究所去，在那里一待就是一天，午饭在学生食堂或者饭馆里吃，吃完就回研究所。整整十年，不懂什么叫午睡，德国人也没有午睡的习惯。

我读梵文、巴利文、吐火罗文的书籍，一般都是在梵文研究所里。因此，我想先把梵文研究所图书收藏的情况介绍一下。哥廷根大学的各个研究所都有自己的图书室。梵文图书室起源于何时、何人，我当时就没有细问。可能是源于 Franz Kielhorn，他是哥廷根大学的第一个梵文教授。他在印度长年累月搜集到的一些极其珍贵的碑铭的拓片，都收藏在研究所对面的大学图书馆里。他的继任人 Hermann Oldenberg 在他逝世后把大部分藏书都卖给了或者赠给了梵文研究所。其中最珍贵的还不是已经出版的书籍，而是零篇的论文。当时 Oldenberg 是国际上赫赫有名的梵学大师，同全世界各国的同行们互通声气，对全世界梵文研究的情况了如指掌。广通声气的做法不外一是互相邀请讲学，二是互赠专著和单篇论文。专著易得，而单篇论文，由于国别太多，杂志太多，搜集颇为困难。只有像 Oldenberg 这样的大学者才有可能搜集比较完备。Oldenberg 把这些单篇论文都装订成册，看样子是按收到时间的先后顺序装订起来的，并没有分类。皇皇几十巨册，整整齐齐地排列书架上。我认为，这些零篇论文是梵文研究所的镇所之宝。除了这些宝贝以外，其他梵文、巴利文一般常用的书都应有尽有。其中也不乏名贵的版本，比如 Max Müller 校订出版的印度最古的典籍《梨俱吠陀》原刊本，Whitney 校订的《阿闼婆吠陀》原刊本。Boehtlingk 和 Roth 的被视为词典典范的《圣彼得堡梵文大词典》原本和缩短本，也都是难得的书籍。至于其他字典和工具书，无不应有尽有。

我每天几乎是一个人坐拥书城，“躲进小楼成一统”，我就是这些宝典的伙伴和主人，它们任我支配，其威风虽南面王不易也。整个 Gauss-Weber-Haus 平常总是非常寂静，里面的人不多，而德国人又不习惯于大声说话，干什么事都只静悄悄的。门外介于研究所与大学图书馆之间的马路，是通往车站的交通要道，但是哥廷根城还不见汽车，于是本应该喧阗的马路，也如“结庐在人境，而无车马喧”。这真是一个读书的最理想的地方。

除了礼拜天和假日外，我每天就到这里来，主要工作是同三大厚册的 Mahāvastu 拼命。一旦感到疲倦，就站起来，走到摆满了书的书架旁，信手抽出一本书来，或浏览，或仔细阅读。积时既久，我对当时世界上梵文、巴利文和佛教研究的情况，心中大体上有一个轮廓。世界各国的有关著作，这里基本上都有。而且德国还有一种特殊的购书制度，除了大学图书馆有充足的购书经费之外，每一个研究所都有自己独立的购书经费，教授可以任意购买他认为有用的书，不管大学图书馆是否有复本。当 Waldschmidt 被征从军时，这个买书的权力就转到了我的手中。我愿意买什么书，就买什么书。书买回来以后，编目也不一定很科学，把性质相同或相类的书编排在一起就行了。借书是绝对自由的，有一个借书簿，自己写上借出书的书名、借出日期；归还时，写上一个归还日期就行了。从来没有人来管，可是也从来没有丢过书，不管是多么珍贵的版本。除了书籍以外，世界各国有关印度学和东方学的杂志，这里也应有尽有。总之，这是一个很不错的专业图书室。

我就是在这样的情况下畅游于书海之中。我读书粗略地可以分为两类：一类是细读的，一类是浏览的。细读的数目不可能太多。学梵文必须熟练地掌握语法。我上面提到的 Stenzler 的《梵文基础读本》，虽有许多优点，但是毕竟还太简略，入门足够，深入却难。在这时候必须熟读 Kielhom 的《梵文文法》，我在这一本书上下过苦功夫，读了不知多少遍。其次，我对 Oldenberg 的几本书，比如《佛陀》等等都从头到尾细读过。他的一些论文，比如分析 Mahāvastu 的文体的那一篇，为了写论文，我也都细读过。Whitney 和 Wackernagel 的梵文文法，Debruner 续 Wackernagel 的那一本书，以及 W. Geiger 的关于巴利文的著作，我都下过功夫。但是，我最服膺的还是我的太老师 Heinrich Lüders，他的书，我只要能得到，就一定仔细阅读。他的论文集 Philologica lndica 是一部很大的书，我从头到尾仔细读过一遍，有的文章读过多遍。像这样研究印度古代语言、宗教、文学、碑铭等的对一般人来说都是极为枯燥、深奥的文章，应该说是最乏味的东西。喜欢读这样文章的人恐怕极少极少，然而我却情有独钟。我最爱读中外两位大学者的文章，中国是陈寅恪先生，西方就是 L ü ders 先生。这两位大师实有异曲同工之妙。他们为文，如剥春笋，一层层剥下去，愈剥愈细；面面俱到，巨细无遗；叙述不讲空话，论证必有根据；从来不引僻书以自炫，所引者多为常见书籍；别人视而不见的，他们偏能注意；表面上并不艰深玄奥，于平淡中却能见神奇；有时真如“山重水复疑无路”，转眼间“柳暗花明又一村”；迂回曲折，最后得出结论，让你顿时觉得豁然开朗，口服心服。人们一般读文学作品能得美感享受，身轻神怡。然而我读两位大师的论文时得到的美感享受，与读文学作品时所得到的迥乎不同，却似乎更深更高。也许有人会认为这是我个人的怪癖；我自己觉得，这确实是“癖”，然而毫无“怪”可言。“此中有真意，欲辨已忘言”，实不足为外人道也。

上面谈的是我读梵文著作方面的一些感受。但是，当时我读的书绝不限于梵文典籍。我在上面已经说到，哥廷根大学有一个汉学研究所，所内有一个比梵文研究所图书室大到许多倍的汉文图书室。为什么比梵文图书室大这样多呢？原因是大学图书馆中没有收藏汉籍，所有的汉籍以及中国少数民族的语言，如藏文、蒙文、西夏文、女真文之类的典籍都收藏在汉学研究所中。这个所的图书室，由于 Gustav Haloun 教授的惨淡经营，大量从中国和日本购进汉文典籍，在欧洲颇有点名气。我曾在那里会见过许多世界知名的汉学家，比如英国的 Athur Waley 等等。汉学研究所所在的大楼比 Gauss-Weber-Haus 要大得多，也宏伟得多，房子极高极大。汉学研究所在二楼上，上面还有多少层，我不清楚。我始终也没有弄清楚，偌大一座大楼是做什么用的。十年之久，我不记得，除了打扫卫生的一位老太婆，还在这里见到过什么人。院子极大，有极高极粗的几棵古树，样子都有五六百年的树龄，地上绿草如茵。楼内楼外，干干净净，比梵文研究所更寂静，也更幽雅，真是读书的好地方。

我每个礼拜总来这里几次，有时是来上课，更多的是来看书。我看得最多的是日本出版的《大正新修大藏经》。有一段时间，我帮助 Waldschmidt 查阅佛典。他正写他那一部有名的关于释迦牟尼涅槃前游行的叙述的大著。他校刊新疆发现的佛经梵文残卷，也需要汉译佛典中的材料，特别是唐义净译的那几部数量极大的“根本说一切有部律”。至于我自己读的书，则范围广泛。十几万册汉籍，本本我都有兴趣。到了这里，就仿佛回到了祖国一般。我记得这里藏有几部明版的小说。是否是宇内孤本，因为我不通此道，我说不清楚。即使是的话，也都埋在深深的“矿井”中，永世难见天日了。自从 1937 年 Gustav Haloun 教授离开哥廷根大学到英国剑桥大学去任汉学讲座教授以后，有很长一段时间，汉学研究所就由我一个人来管理。我每次来到这里，空荡荡的六七间大屋子就只有我一个人，万籁俱寂，静到能听到自己心跳的声音。在绝对的寂静中，我盘桓于成排的大书架之间，架上摆的是中国人民智慧的结晶，我心中充满了自豪感。我翻阅的书很多，但是我读得最多的还是一大套上百册的中国笔记丛刊，具体的书名已经忘记了。笔记是中国特有的一种著述体裁，内容包罗万象，上至宇宙，下至鸟兽虫鱼，以及身边琐事、零星感想，还有一些历史和科技的记述，利用得好，都是十分有用的资料。我读完了全套书，可惜我当时还没有研究糖史的念头，很多有用的资料白白地失掉了。及今思之，悔之晚矣。

我在哥廷根读梵、汉典籍，情况大体如此。

第二辑：归故里

母与子

一想到故乡，就想到一个老妇人。我自己也觉得奇怪：干皱的面纹，霜白的乱发，眼睛因为流泪多了镶着红肿的边，嘴瘪了进去。这样一张面孔，看了不是该令人很不适意的吗？为什么它总霸占住我的心呢？但是再一想到，我是在怎样的一个环境里遇到了这老妇人，便立刻知道，她不但现在霸占住我的心，而且要永远地霸占住了。

现在回忆起来，还恍如眼前的事。——去年的初秋，因为母亲的死，我在火车里闷了一天，在长途汽车里又颠荡了一天以后，又回到八年没曾回过的故乡去。现在已经不能确切地记得是什么时候，只记得才到故乡的时候，树丛里还残留着一点浮翠；当我离开的时候就只有淡远的长天下一片凄凉的黄雾了。就在这浮翠里，我踏上印着自己童年游踪的土地。当我从远处看到自己的在烟云笼罩下的小村的时候，想到死去的母亲就躺在这烟云里的某一个角落里，我不能描写我的心情。像一团烈焰在心里烧着，又像严冬的厚冰积在心头。我迷惘地撞进了自己的家，在泪光里看着一切都在浮动。我更不能描写当我看到母亲的棺材时的心情。几次在梦里接受了母亲的微笑，现在微笑的人却已经睡在这木匣子里了。有谁有过同我一样的境遇的么？他大概知道我的心是怎样地绞痛了。我哭，我哭到一直不知道自己是在哭。渐渐地听到四周有嘈杂的人声围绕着我，似乎都在劝解我，都叫着我的乳名，自己听了，在冰冷的心里也似乎得到了点温热。又经过了许久，我才睁开眼，看到了许多以前熟悉现在都变了但也还能认得出来的面孔。除了自己家里的大娘婶子以外，我就看到了这个老妇人：干皱的面纹，霜白的乱发，眼睛因为流泪多了镶着红肿的边，嘴瘪了进去……

她就用这瘪了进去的嘴，一凹一凹地似乎对我说着什么话。我只听到絮絮地扯不断拉不断仿佛念咒似的低声，并没有听清她对我说的什么。等到阴影渐渐地从窗外爬进来，我从窗棂里看出去，小院里也织上了一层朦胧的暗色。我似乎比以前清楚了点。看到眼前仍然挤着许多人。在阴影里，每个人摆着一张阴暗苍白的面孔，却看不到这一凹一凹的嘴了。一打听，才知道，她就是同村的算起来比我长一辈的，应该叫作大娘之流的我小时候也曾抱我玩过的一个老妇人。

以后，我过的是一个极端痛苦的日子。母亲的死使我对一切都灰心。以前也曾自己吹起过幻影：怎样在十几年的漂泊生活以后，回到故乡来，听到母亲的一声含有温热的呼唤，仿佛饮一杯甘露似的，给疲惫的心加一点生气，然后再冲到人世里去。现在这幻影终于证实了是个幻影，我现在是处在怎样一个环境里呢？——寂寞冷落的屋里，墙上满布着灰尘和蛛网。正中放着一个大而黑的木匣子。这匣子装走了我的母亲，也装走了我的希望和幻影。屋外是一个用黄土堆成的墙围绕着的天井。墙上已经有了几处倾地的缺口，上面长着乱草。从缺口里看出去是另一片黄土的墙，黄土的屋顶，黄土的街道，接连着枣树林里的一片淡淡的还残留着点绿色的黄雾，枣林的上面是初秋阴沉的也有点黄色的长天。我的心也像这许多黄的东西一样地黄，也一样地阴沉。一个丢掉希望和幻影的人，不也正该丢掉生趣吗？

我的心，虽然像黄土一样地黄，却不能像黄土一样地安定。我被圈在这样一个小的天井里，天井的四周都栽满了树，榆树最多，也有桃树和梨树。每棵树上都有母亲亲自砍伐的痕迹。在给烟熏黑了的小厨房里，还有母亲没死前吃剩的半个茄子、半棵葱。吃饭用的碗筷，随时用的手巾，都印有母亲的手泽和口泽。在地上的每一块砖上，每一块土上，母亲在活着的时候每天不知道要踏过多少次。这活着，并不渺远，一点都不；只不过是十天前。十天算是怎样短的一个时间呢？然而不管怎样短，就在十天后的现在，我却只看到母亲躺在这黑匣子里。看不到，永远也看不到，母亲的身影再在榆树和桃树中间，在这砖上，在黄的墙，黄的枣林，黄的长天下游动了。

虽然白天和夜仍然交替着来，我却只觉到有夜。在白天，我有颗夜的心。在夜里，夜长，也黑，长得莫名其妙，黑得更莫名其妙；更黑的还是我的心。我枕着母亲枕过的枕头，想到母亲在这枕头上想到她儿子的时候不知道流过多少泪，现在却轮到我枕着这枕头流泪了。凄凉零乱的梦萦绕在我的四周，我睡不熟。在蒙眬里睁开眼睛，看到淡淡的月光从门缝里流进来，反射在黑漆的棺材上的清光。在黑影里，又浮起了母亲的凄冷的微笑。我的心在战栗，我渴望着天明。但夜更长，也更黑，这漫漫的长夜什么时候过去呢？我什么时候才能看到天光呢？

时间终于慢慢地走过去。——白天里悲痛袭击着我，夜间里黑暗压住了我的心。想到故都学校里的校舍和朋友，恍如回望云天里的仙阙，又像捉住了一个荒诞的古代的梦。眼前仍然是一片黄土色。每天接触到的仍然是一张张阴暗灰白的面孔。他们虽然都用天真又单纯的话和举动来对我表示亲热，但他们哪能了解我这一腔的苦水呢？我感觉到寂寞。

就在这时候，这老妇人每天总到我家里来看我。仍然是干皱的面纹，霜白的乱发，眼睛镶着红肿的边，嘴瘪了进去。就用瘪了进去的嘴一凹一凹地絮絮地说着话，以前我总以为她说的不过是同别人一样的劝解我的话，因为我并没曾听清她说的什么。现在听清了，才知道从这一凹一凹的嘴里发出的并不是我想的那些话。她老向我问着外面的事情，尤其很关心地问着军队的事情，对于我母亲的死却一句也不提。我觉到很奇怪。我不明了她的用意。我在当时那种心情之下，有什么心绪同她闲扯呢？当她絮絮地扯不断拉不断地仿佛念咒似的说着话的时候，我仍然看到母亲的面影在各处飘，在榆树旁，在天井里，在墙角的阴影里。寂寞和悲哀仍然霸占住我的心。我有时也答应她一两句。她于是就絮絮地说下去，说，她怎样有一个儿子，她的独子，三年前因为在家没有饭吃，偷跑了出去当兵。去年只接到了他的一封信，说是不久就要开到不知道哪里去打仗。到现在又一年没信了。留下一个媳妇和一个孩子。（说着指了指偎她身旁的一个肮脏的拖着鼻涕的小孩。）家里又穷，几年来年成又不好，媳妇时常哭……问我知道不知道他在什么地方。说着，在叹了几口气以后，晶莹的泪点顺着干皱的面纹流下来，流过一凹一凹的嘴，落到地上去了。我知道，悲哀怎样啃着这老妇人的心。本来需要安慰的我也只好反过头来，安慰她几句，看她领着她的孙子沿着黄土的路踽踽地走去的渐渐消失的背影。

接连着几天的过午，她总领着她孙子来看我。她这孙子实在不高明，肮脏又淘气。他死死地缠住她。但是她却一点都不急躁。看着她孙子的拖着鼻涕的面孔，微笑就浮在她这瘪了进去的嘴旁。拍着他，嘴里哼着催眠曲似的歌。我知道，这单纯的老妇人怎样在她孙子身上发见了她儿子。她仍然絮絮地问着我，关于外面军队里的事情，问我知道她儿子在什么地方不。我也很想在谈话间隔的时候，问她一问我母亲活着时的情形，好使我这八年不见面的渴望和悲哀的烈焰消熄一点。她却只"唔唔"两声支吾过去，仍然絮絮地扯不断拉不断地仿佛念咒似的自己低语着，说她儿子小的时候怎样淘气，有一次，他打碎一个碗，她打了他一掌，他哭得真凶呢。大了怎样不正经做活。说到高兴的地方，也有一线微笑掠过这干皱的脸。最后，又问我知道她儿子在什么地方不。我发见了这老妇人出奇的固执。我只好再安慰她两句。在黄昏的微光里，送她出去。眼看着她领着她的孙子在黄土道上踽踽地凄凉地走去。暮色压在她的微驼的背上。

就这样，有几个寂寞的过午和黄昏就度过了。间或有一两天，这老妇人因为有事没来看我。我自己也受不住寂寞的袭击，常出去走走。紧靠着屋后是一个大坑，汪洋一片水，有外面的小湖那样大。是秋天，前面已经说过。坑里丛生着的芦草都顶着白茸茸的花，望过去，像一片银海。芦花的里面是水。从芦花稀处，也能看到深碧的水面。我曾整个过午坐在这水边的芦花丛里，看水面反射的静静的清光。间或有一两条小鱼冲出水面来唼喋着。一切都这样静。母亲的面影仍然浮动在我眼前。我想到童年时候怎样在这里洗澡；怎样在夏天里，太阳出来以前，水面还发着蓝黑色的时候，沿着坑边去摸鸭蛋；倘若摸到一个的话，拿给母亲看的时候，母亲的微笑怎样在当时的童稚的心灵里开成一朵花；怎样又因为淘气，被母亲在后面追打着，当自己被逼紧了跳下水去站在水里回头看岸上的母亲的时候，母亲却因这过分顽皮的举动，笑了，自己也笑。……然而这些美丽的回忆，却随了母亲的死吞噬了去。只剩了一把两把的眼泪。我要问，母亲怎么会死了？我究竟是什么东西？但一切都这样静。我眼前闪动着各种的幻影。芦花流着银光，水面上反射着青光，夕阳的残晖照在树梢上发着金光：这一切都混杂地搅动在我眼前，像一串串的金星，又像迸发的火花。里面仍然闪动着母亲的面影，也是一串串的，——我忘记了自己，忘记了一切，像浮在一个荒诞的神话里，踏着暮色走回家了。

有时候，我也走到场里去看看。豆子谷子都从田地里用牛车拖了来，堆成一个个小山似的垛。有的也摊开来在太阳里晒着。老牛拖着石碾在上面转，有节奏地摆动着头。驴子也摇着长耳朵在拖着车走。在正午的沉默里，只听到豆荚在阳光下开裂时毕剥的响声，和柳树下老牛的喘气声。风从割净了庄稼的田地里吹了来，带着土的香味。一切都沉默。这时候，我又往往遇到这个老妇人，领着她的孙子，从远远的田地里顺着一条小路走了来，手里间或拿着几支玉蜀黍秸，霜白的发被风吹得轻微地颤动着。一见了我，立刻红肿的眼睛里也仿佛有了光辉，站住便同我说起话来。嘴一凹一凹地说过了几句话以后，立刻转到她的儿子身上。她自己又低着头絮絮地扯不断拉不断地仿佛念咒似的说起来。又说到她儿子小的时候怎样淘气。有一次他摔碎了一个碗。她打了他一掌，他哭得真凶呢。他大了又怎样不正经做活。说到高兴的地方，干皱的脸上仍然浮起微笑。接着又问到我外面军队上的情形，问我知道他在什么地方、见过他没有。她还要我保证，他不会被人打死的。我只好再安慰安慰她，说我可以带信给他，叫他家来看她。我看到她那一凹一凹的干瘪的嘴旁又浮起了微笑。旁边看的人，一听到她又说这一套，早走到柳荫下看牛去了。我打发她走回家去，仍然让沉默笼罩着这正午的场。

这样也终于没能延长多久，在由一个乡间的阴阳先生按着什么天干地支找出的所谓“好日子”的一天，我从早晨就穿了白布袍子，听着一个人的暗示。他暗示我哭，我就伏在地上咧开嘴号啕地哭一阵，正哭得淋漓的时候，他忽然暗示我停止，我也只好立刻收了泪。在收了泪的时候，就又可以从泪光里看来来往往的各样的吊丧的人，也就号啕过几场，又被一个人牵着东走西走。跪下又站起，一直到自己莫名其妙，这才看到有几十个人去抬母亲的棺材了。——这里，我不愿意，实在是不可能，说出我看到母亲的棺材被人抬动时的心痛。以前母亲的棺材在屋里，虽然死仿佛离我很远，但只隔一层木板里面就躺着母亲。现在却被抬到深的永恒黑暗的洞里去了。我脑筋里有点糊涂。跟了棺材沿着坑走过了一段长长的路，到了墓地。又被拖着转了几个圈子……不知怎样脑筋里一闪，却已经给人拖到家里来了。又像我才到家时一样，渐渐听到四周有嘈杂的人声围绕着我，似乎又在说着同样的话。过了一会儿，我才听到有许多人都说着同样的话，里面杂着絮絮地扯不断拉不断地仿佛念咒似的低语。我听出是这老妇人的声音，但却听不清她说的什么，也看不到她那一凹一凹的嘴了。

在我清醒了以后，我看到的是一个变过的世界。尘封的屋里，没有了黑亮的木匣子。我觉得一切都空虚寂寞。屋外的天井里，残留在树上的一点浮翠也消失到不知哪儿去了。草已经都转成黄色，耸立在墙头上，在秋风里打颤。墙外一片黄土的墙更黄；黄土的屋顶，黄土的街道也更黄；尤其黄的是枣林里的一片黄雾，接连着更黄更黄的阴沉的秋的长天。但顶黄顶阴沉的却仍然是我的心。一个对一切都感到空虚和寂寞的人，不也正该丢掉希望和幻影吗？

又走近了我的行期。在空虚和寂寞的心上，加上了一点绵绵的离情。我想到就要离开自己漂泊的心所寄托的故乡，以后，闻不到土的香味，看不到母亲住过的屋子、母亲的墓，也踏不到母亲曾经踏过的地，自己心里说不出是什么味。在屋里觉得窒息，我只好出去走走。沿着屋后的大坑踱着，看银耀的芦花在过午的阳光里闪着光，看天上的流云，看流云倒在水里的影子。一切又都这样静。我看到这老妇人从穿过芦花丛的一条小路上走了来。霜白的乱发，衬着霜白的芦花，一片辉耀的银光。极目苍茫微明的云天在她身后伸展出去，在云天的尽头，还可以看到一点点的远村。这次没有领着她的孙子，神气也有点匆促，但掩不住干皱的面孔上的喜悦。手里拿着有一点红颜色的东西，递给我，是一封信。除了她儿子的信以外，她从没接到过别人的信。所以，她虽然不认字，也可以断定这是她儿子的信。因为村里人没有能念信的，于是赶来找我。她站在我面前，脸上充满了微笑，红肿的眼里也射出喜悦的光，瘪了进去的嘴仍然一凹一凹地动着，但却没有絮絮的念咒似的低语了。信封上的红线因为淋过雨扩成淡红色的水痕。看邮戳，却是半年前在河南南部一个做过战场的县城里寄出的。地址也没写对，所以经过许多时间的辗转，但也居然能落到这老妇人手里。我的空虚的心里，也因了这奇迹，有了点生气。拆开看，寄信人却不是她儿子，是另一个同村的跑去当兵的。大意说，她儿子已经阵亡了，请她找一个人去运回他的棺材。——我的手战栗起来。这不正给这老妇人一个致命的打击吗？我抬眼又看到她脸上抑压不住的微笑。我知道这老人是怎样切望得到一个好消息。我也知道，倘若我照实说出来，会有怎样一幅悲惨的景象展开在我眼前。我只好对她说，她儿子现在很好，已经升了官，不久就可以回家来看她。她喜欢得流下眼泪来，嘴一凹一凹地动着，她又扯不断拉不断地絮絮地对我说起来，不厌其详地说到她儿子各样的好处，怎样她昨天夜里还做了一个梦，梦着他回来。我看到这老妇人把信揣在怀里转身走去的渐渐消失的背影，我再能说什么话呢？

第二天，我便离开我故乡里的小村。临走，这老妇人又来送我，领着她的孙子，脸上堆满了笑意。她不管别人在说什么话，总絮絮地扯不断拉不断地仿佛念咒似的自己低语着，不厌其详地说到她儿子的好处，怎样她昨天夜里还做了一个梦，梦见她儿子回来，她儿子已经升成了官了。嘴一凹一凹地急促地动着。我身旁的送行人的脸色渐渐有点露出不耐烦，有的也就躲开了。我偷偷地把这信的内容告诉别人，叫他在我走了以后慢慢地转告给这老妇人。或者简直就不告诉她。因为，我想，好在她不会再有许多年的活头，让她抱住一个希望到坟墓里去吧。当我离开这小村的一刹那，我还看到这老妇人的眼睛里的喜悦的光辉，干皱的面孔上浮起的微笑。……

不一会儿，回望自己的小村，早在云天苍茫之外，触目尽是长天下一片凄凉的黄雾了。

在颠簸的汽车里，在火车里，在驴车里，我仍然看到这圣洁的光辉，圣洁的微笑，那老妇人手里拿着那封信。我知道，正像装走了母亲的大黑匣子装走了我的希望和幻影，这封信也装走了她的希望和幻影。我却又把这希望和幻影替她拴在上面，虽然不知道能拴得久不。

经过了萧瑟的深秋，经过了阴暗的冬，看死寂凝定在一切东西上。现在又来了春天。回想故乡的小村，正像在故乡里回想到故都一样。恍如回望云天里的仙阙，又像捉住了一个荒诞的古代的梦了。这个老妇人的面孔总在我眼前盘桓：干皱的面纹，霜白的乱发，眼睛因为流泪多了镶着红肿的边，嘴瘪了进去。又像看到她站在我面前，絮絮地扯不断拉不断地仿佛念咒似的低语着，嘴一凹一凹地在动。先仿佛听到她向我说，她儿子小的时候怎样淘气，怎样有一次他摔碎了一个碗，她打了他一巴掌，他哭。又仿佛看到她手里拿着一封雨水渍过的信，脸上堆满了微笑，说到她儿子的好处，怎样她做了一个梦，梦着他回来……然而，我却一直没接到故乡里的来信。我不知道别人告诉她她儿子已经死了没有，倘若她仍然不知道的话，她愿意把自己的喜悦说给别人，却没有人愿意听。没有我这样一个忠实的听者，她不感到寂寞吗？倘若她已经知道了，我能想象，大的晶莹的泪珠从干皱的面纹里流下来，她这瘪了进去的嘴一凹一凹地，她在哭，她又哭晕了过去……不知道她现在还活在人间没有？——我们同样都是被厄运踏在脚下的苦人，当悲哀正在啃着我的心的时候，我怎忍再看你那老泪浸透你的面孔呢？请你不要怨我骗你吧，我为你祝福！

我的童年

回忆起自己的童年来，眼前没有红，没有绿，是一片灰黄。

七十多年前的中国，刚刚推翻了清代的统治，神州大地，一片混乱，一片黑暗。我最早的关于政治的回忆，就是“朝廷”二字。当时的乡下人管当皇帝叫坐朝廷，于是“朝廷”二字就成了皇帝的别名。我总以为朝廷这种东西似乎不是人，而是有极大权力的玩意。乡下人一提到它，好像都肃然起敬。我当然更是如此。总之，当时皇威犹在，旧习未除，是大清帝国的继续，毫无万象更新之象。

我就是在这新旧交替的时刻，于1911年8月6日，生于山东省清平县（现改临清市）的一个小村庄——官庄。当时全中国的经济形势是南方富而山东（也包括北方其他省份）穷。专就山东论，是东部富而西部穷。我们县在山东西部又是最穷的县，我们村在穷县中是最穷的村，而我们家在全村中又是最穷的家。

我们家据说并不是一向如此，在我诞生前似乎也曾有过比较好的日子。可是我降生时祖父、祖母都已去世。我父亲的亲兄弟共有三人，最小的一个（大排行是第十一，我们把他叫一叔）送给了别人，改了姓。我父亲同另外的一个弟弟（九叔）孤苦伶仃，相依为命。房无一间，地无一垄，两个无父无母的孤儿，活下去是什么滋味，活着是多么困难，概可想见。他们的堂伯父是一个举人，是方圆几十里最有学问的人物，做官做到一个什么县的教谕，也算是最大的官。他曾养育过我父亲和叔父，据说待他们很不错。可是家庭大，人多是非多。他们俩有几次饿得到枣林里去捡落到地上的干枣充饥。最后还是被迫弃家（其实已经没了家）出走，兄弟俩逃到济南去谋生。“文化大革命”中我自己“跳出来”反对那一位臭名昭著的“第一张马列主义大字报”的作者，惹得她大发雌威，两次派人到我老家官庄去调查，一心一意要把我“打成”地主。老家的人告诉那几个“革命”小将，说如果开诉苦大会，季羡林是官庄的第一名诉苦者，他连贫农都不够。

我父亲和叔父到了济南以后，人地生疏，拉过洋车，扛过大件，当过警察，卖过苦力。叔父最终站住了脚。于是兄弟俩一商量，让我父亲回老家，叔父一个人留在济南挣钱，寄钱回家，供我的父亲过日子。

我出生以后，家境仍然是异常艰苦。一年吃白面的次数有限，平常只能吃红高粱面饼子；没有钱买盐，把盐碱地上的土扫起来，在锅里煮水，腌咸菜，什么香油，根本见不到，一年到底，就吃这种咸菜。举人的太太，我管她叫奶奶，她很喜欢我。我三四岁的时候，每天一睁眼，抬腿就往村里跑（我们家在村外），跑到奶奶跟前，只见她把手一卷，卷到肥大的袖子里面，手再伸出来的时候，就会有半个白面馒头拿在手中，递给我。我吃起来，仿佛是龙胆凤髓一般，我不知道天下还有比白面馒头更好吃的东西。这白面馒头是她的两个儿子（每家有几十亩地）特别孝敬她的。她喜欢我这个孙子，每天总省下半个，留给我吃。在长达几年的时间内，这是我每天最高的享受，最大的愉快。

大概到了四五岁的时候，对门住的宁大婶和宁大姑，每到夏秋收割庄稼的时候，总带我走出去老远到别人割过的地里去拾麦子或者豆子、谷子。一天辛勤之余，可以捡到一小篮麦穗或者谷穗。晚上回家，把篮子递给母亲，看样子她是非常欢喜的。有一年夏天，大概我拾的麦子比较多，她把麦粒磨成面粉，贴了一锅死面饼子。我大概是吃出味道来了，吃完了饭以后，我又偷了一块吃，让母亲看到了，赶着我要打。我当时是赤条条浑身一丝不挂，我逃到房后，往水坑里一跳。母亲没有法子下来捉我，我就站在水中把剩下的白面饼子尽情地享受了。

现在写这些事情还有什么意义呢？这些芝麻绿豆般的小事是不折不扣的身边琐事，使我终生受用不尽。它有时候能激励我前进，有时候能鼓舞我振作。我一直到今天对日常生活要求不高，对吃喝从不计较，难道同我小时候的这一些经历没有关系吗？我看到一些独生子女的父母那样溺爱子女，也颇不以为然。儿童是祖国的花朵，花朵当然要爱护；但爱护要得法，否则无异是坑害子女。

不记得是从什么时候起我开始学着认字，大概也总在四岁到六岁之间。我的老师是马景功先生。现在我无论如何也记不起有什么类似私塾之类的场所，也记不起有什么《百家姓》《千字文》之类的书籍。我那一个家徒四壁的家就没有一本书，连带字的什么纸条子也没有见过。反正我总是认了几个字，否则哪里来的老师呢？马景功先生的存在是不能怀疑的。

虽然没有私塾，但是小伙伴是有的。我记得最清楚的有两个：一个叫杨狗，我前几年回家，才知道他的大名，他现在还活着，一字不识；另一个叫哑巴小（意思是哑巴的儿子），我到现在也没有弄清楚他姓甚名谁。我们三个天天在一起玩，洑水，打枣，捉知了，摸虾，不见不散，一天也不间断。后来听说哑巴小当了山大王，练就了一身蹿房越脊的惊人本领，能用手指抓住大庙的椽子，浑身悬空，围绕大殿走一周。有一次被捉住，是十冬腊月，赤身露体，浇上凉水，被捆起来，倒挂一夜，仍然能活着。据说他从来不到官庄来作案，"兔子不吃窝边草"，这是绿林英雄的义气。后来终于被捉杀掉。我每次想到这样一个光着屁股游玩的小伙伴竟成为这样一个"英雄"，就颇有骄傲之意。

我在故乡只待了六年，我能回忆起来的事情还多得很，但是我不想再写下去了。已经到了同我那一个一片灰黄的故乡告别的时候了。

我六岁那一年，是在春节前夕，公历可能已经是1917年，我离开父母，离开故乡，是叔父把我接到济南去的。叔父此时大概日子已经可以了，他兄弟俩只有我一个男孩子，想把我培养成人，将来能光大门楣，只有到济南去一条路。这可以说是我一生中最关键的一个转折点，否则我今天仍然会在故乡种地（如果我能活着的话），这当然算是一件好事。但是好事也会有成为坏事的时候。"文化大革命"中间，我曾有几次想到：如果我叔父不把我从故乡接到济南的话，我总能过一个浑浑噩噩但却舒舒服服的日子，哪能被“革命家”打倒在地，身上踏上一千只脚还要永世不得翻身呢？呜呼，世事多变，人生易老，真叫作没有法子！

到了济南以后，过了一段难过的日子。一个六七岁的孩子离开母亲，他心里会是什么滋味，非有亲身经历者，实难体会。我曾有几次从梦里哭着醒来。尽管此时不但能吃上白面馒头，而且还能吃上肉，但是我宁愿再啃红高粱饼子就苦咸菜。这种愿望当然只是一个幻想。我毫无办法，久而久之，也就习以为常了。

叔父望子成龙，对我的教育十分关心，先安排我在一个私塾里学习。老师是一个白胡子老头，面色严峻，令人见而生畏。每天入学，先向孔子牌位行礼，然后才是“赵钱孙李”。大约就在同时，叔父又把我送到一师附小去念书。这个地方在旧城墙里面，街名叫升官街，看上去很堂皇，实际上“官”者“棺”也，整条街都是做棺材的。此时“五四”运动大概已经起来了。校长是一师校长兼任，他是山东得风气之先的人物，在一个小学生眼里，他是一个大人物，轻易见不到面。想不到在十几年以后，我大学毕业到济南高中去教书的时候，我们俩竟成了同事，他是历史教员。我执弟子礼甚恭，他则再三逊谢。我当时觉得，人生真是变幻莫测啊！

因为校长是维新人物，我们的国文教材就改用了白话。教科书里面有一段课文，叫作《阿拉伯的骆驼》。故事是大家熟知的。但当时对我却是陌生而又新鲜，我读起来感到非常有趣味，简直是爱不释手。然而这篇文章却惹了祸。有一天，叔父翻看我的课本，我只看到他蓦地勃然变色。“骆驼怎么能说人话呢？”他愤愤然了，“这个学校不能念下去了，要转学！”

于是我转了学。转学手续比现在要简单得多，只经过一次口试就行了。而且口试也非常简单，只出了几个字叫我们认。我记得字中间有一个“骡”字。我认出来了，于是定为高一。一个比我大两岁的亲戚没有认出来，于是定为初三。为了一个字，我占了一年的便宜，这也算是轶事吧。

这个学校靠近南圩子墙，校园很空阔，树木很多，花草茂密，景色算是秀丽的。在用木架子支撑起来的一座柴门上面，悬着一块木匾，上面刻着四个大字：“循规蹈矩。”我当时并不懂这四个字的涵义，只觉得笔画多得好玩而已。我就天天从这个木匾下出出进进，上学，游戏。当时立匾者的用心到了后来我才了解，无非是想让小学生规规矩矩做好孩子而已。但是用了四个古怪的字，小孩子谁也不懂，结果形同虚设，多此一举。

我“循规蹈矩”了没有呢？大概是没有。我们有一个珠算教员，眼睛长得凸了出来，我们给他起了一个绰号，叫作 shao qianr（济南话，意思是知了）。他对待学生特别蛮横。打算盘，错一个数，打一板子。打算盘错上十个八个数，甚至上百数，是很难避免的。我们都挨了不少的板子。不知是谁一嘀咕：“我们架（小学生的行话，意思是赶走）他！”立刻得到大家的同意。我们这一群十岁左右的小孩子也要“造反”了。大家商定：他上课时，我们把教桌弄翻，然后一起离开教室，躲在假山背后。我们自己认为这个锦囊妙计实在非常高明，如果成功了，这位教员将无颜见人，非卷铺盖回家不可。然而我们班上出了

“叛徒”，虽然只有几个人，他们想拍老师的马屁，没有离开教室。这一来，大大长了老师的气焰，他知道自己还有“群众”，于是威风大振，把我们这一群不知天高地厚的“叛逆者”狠狠地用大竹板打手心打了一阵。我们每个人的手都肿得像发面馒头，然而没有一个人掉泪。我以后每次想到这一件事，觉得很可以写进我的“优胜纪略”中去。“革命无罪，造反有理”，如果当时就有那么一位伟大的“革命家”创造了这两句口号，那该有多么好呀！

谈到学习，我记得在三年之内，我曾考过两个甲等第三(只有三名甲等)，两个乙等第一；总起来看，属于上等，但是并不拔尖。实际上，我当时并不用功，玩的时候多，念书的时候少。我们班上考甲等第一的叫李玉和，年年都是第一。他比我大五六岁，好像已经很成熟了，死记硬背，刻苦努力，天天皱着眉头，不见笑容，也不同我们打闹。我从来就是少无大志，一点也不想争那个状元。但是我对我这一位老学长并无敬意，还有点瞧不起的意思，觉得他是非我族类。

我虽然对正课不感兴趣，但是也有我非常感兴趣的东西，那就是看小说。我叔父是古板人，把小说叫作“闲书”，闲书是不许我看的。在家里的时候，我书桌下面有一个盛白面的大缸，上面盖着一个用高粱秆编成的“盖垫”(济南话)。我坐在桌旁，桌上摆着《四书》，我看的却是《彭公案》《济公传》《西游记》《三国志演义》等等旧小说。《红楼梦》大概太深，我看不懂其中的奥妙，黛玉整天价哭哭啼啼，为我所不喜，因此看不下去。其余的书都是看得津津有味。冷不防叔父走了进来，我就连忙掀起盖垫，把闲书往里一丢，嘴巴里念起“子曰”“诗云”来。

到了学校里，用不着防备什么，一放学，就是我的天下。我往往躲到假山背后，或者一个盖房子的工地上，拿出闲书，狼吞虎咽似的大看起来。常常是忘记了时间，忘记了吃饭，有时候到了天黑，才摸回家去。我对小说中的绿林好汉非常熟悉，他们的姓名背得滚瓜烂熟，连他们用的兵器也如数家珍，比教科书熟悉多了。自己当然也希望成为那样的英雄。有一回，一个小朋友告诉我，把右手五个指头往大米缸里猛戳，一而再，再而三,一直到几百次，上千次。练上一段时间以后，再换上砂砾，用手猛戳，最终可以练成铁砂掌，五指一戳，能够戳断树木。我颇想有一个铁砂掌，信以为真，猛练起来，结果把指头戳破了，鲜血直流。知道自己与铁砂掌无缘，遂停止不练。

学习英文，也是从这个小学开始的。当时对我来说，外语是一种非常神奇的东西。我认为，方块字是天经地义，不用方块字，只弯弯曲曲像蚯蚓爬过的痕迹一样，居然能发出音来，还能有意思，简直是不可思议。越是神秘的东西，便越有吸引力。英文对于我就有极大的吸引力。我万没有想到望之如海市蜃楼般的可望而不可即的东西竟然唾手可得了。我现在已经记不清楚，学习的机会是怎么来的。大概是有一位教员会一点英文，他答应晚上教一点，可能还要收点学费。总之，一个业余英文学习班很快就组成了，参加的大概有十几个孩子。究竟学了多久，我已经记不清楚，时候好像不太长，学的东西也不太多，二十六个字母以后，学了一些单词。我当时有一个非常伤脑筋的问题：为什么“是”和“有”算是动词，它们一点也不动嘛？当时老师答不上来；到了中学，英文老师也答不上来。当年用“动词”来译英文的 verb 的人，大概不会想到他这个译名惹下的祸根吧。

每次回忆学习英文的情景时，我眼前总有一团零乱的花影，是绛紫色的芍药花。原来在校长办公室前的院子里有几个花畦，春天一到，芍药盛开，都是绛紫色的花朵。白天走过那里，紫花绿叶，极为分明。到了晚上，英文课结束后，再走过那个院子，紫花与绿叶化成一个颜色，朦朦胧胧的一堆一团，因为有白天的印象，所以还知道它们的颜色。但夜晚眼前却只能看到花影，鼻子似乎有点花香而已。这一幅情景伴随了我一生，只要是一想起学习英文，这一幅美妙无比的情景就浮现到眼前来，带给我无量的幸福与快乐。

然而时光像流水一般飞逝，转瞬三年已过：我小学该毕业了，我要告别这一个美丽的校园了。我十三岁那一年，考上了城里的正谊中学。我本来是想考鼎鼎大名的第一中学的。但是我左衡量，右衡量，总觉得自己这一块料分量不够，还是考与“烂育英”齐名的“破正谊”吧。我上面说到我幼无大志，这又是一个证明。正谊虽“破”，风景却美，背靠大明湖，万顷苇绿，十里荷香，不啻人间乐园。然而到了这里，我算是已经越过了童年，不管正谊的学习生活多么美妙，我也只好搁笔，且听下回分解了。

综观我的童年，从一片灰黄开始，到了正谊算是到达了一片浓绿的境界——我进步了。但这只是从表面上来看，从生活的内容上来看，依然是一片灰黄。即使到了济南，我的生活也难找出什么有声有色的东西。我从来没有什么玩具，自己把细铁条弄成一个圈，再弄个钩一推，就能跑起来，自己就非常高兴了。贫困、单调、死板、固执，是我当时生活的写照。接受外面信息，仅凭五官。什么电视机、收录机，连影都没有。我小时连电影也没有看过，其余概可想见了。

今天的儿童有福了。他们有多少花样翻新的玩具呀！他们有多少儿童乐园、儿童活动中心呀！他们饿了吃面包，渴了喝这可乐、那可乐，还有牛奶、冰激凌。电影看厌了，看电视。广播听厌了，听收录机。信息从天空、海外，越过高山大川，纷纷蜂拥而来。他们才真是“儿童不出门，便知天下事”。可是他们偏偏不知道旧社会。就拿我来说，如果不认真回忆，我对旧社会的情景也逐渐淡漠，有时竟淡如云烟了。

今天我把自己的童年尽可能真实地描绘出来，不管还多么不全面，不管怎样挂一漏万，也不管我的笔墨多么拙笨，就是上面写出来的那一些，我们今天的儿童读了，不是也可以从中得到一点启发、从中悟出一些有用的东西来吗？

晨 趣

一抬头，眼前一片金光：朝阳正跳跃在书架顶上玻璃盒内日本玩偶藤娘身上，一身和服，花团锦簇，手里拿着淡紫色的藤萝花，都熠熠发光，而且闪烁不定。

我开始工作的时候，窗外暗夜正在向前走动。不知怎样一来，暗夜已逝，旭日东升。这阳光是从哪里流进来的呢？窗外一棵高大的梧桐树，枝叶繁茂，仿佛张开了一张绿色的网。再远一点，在湖边上是成排的垂柳。所有这一些都不利于阳光的穿透。然而阳光确实流进来了，就流在藤娘身上……

然而，一转瞬间，阳光忽然又不见了，藤娘身上，一片阴影。窗外，在梧桐和垂柳的缝隙里，一块块蓝色的天空。成群的鸽子正盘旋飞翔在这样的天空里，黑影在蔚蓝上面画上了弧线。鸽影落在湖中，清晰可见，好像比天空里的更富有神韵，宛如镜花水月。

朝阳越升越高，透过浓密的枝叶，一直照到我的头上。我心中一动，阳光好像有了生命，它启迪着什么，它暗示着什么。我忽然想到印度大诗人泰戈尔，每天早上对着初升的太阳，静坐沉思，幻想与天地同体，与宇宙合一。我从来没达到这样的境界，我没有这一份福气。可是我也感到太阳的威力，心中思绪腾翻，仿佛也能洞察三界，透视万有了。

现在我正处在每天工作的第二阶段的开头上。紧张地工作了一个阶段以后，我现在想缓松一下，心里有了余裕，能够抬一抬头，向四周，特别是窗外观察一下。窗外风光如旧，但是四季不同：春花，秋月，夏雨，冬雪，情趣各异，动人则一。现在正是夏季，浓绿扑人眉宇，鸽影在天，湖光如镜。多少年来，当然都是这个样子。为什么过去我竟视而不见呢？今天，藤娘身上一点闪光，仿佛照透了我的心，让我抬起头来，以崭新的眼光，来衡量一切，眼前的东西既熟悉，又陌生，我仿佛搬到了一个新的地方，把我好奇的童心一下子都引逗起来了。我注视着藤娘，我的心却飞越茫茫大海，飞到了日本，怀念起赠送给我藤娘的室伏千津子夫人和室伏佑厚先生一家来。真挚的友情温暖着我的心……

窗外太阳升得更高了。梧桐树椭圆的叶子和垂柳的尖长的叶子，交织在一起，椭圆与细长相映成趣。最上一层阳光照在上面，一片嫩黄；下一层则处在背阴处，一片黑绿。远处的塔影，屹立不动。天空里的鸽影仍然在划着或长或短、或远或近的弧线。再把眼光收回来，则看到里面窗台上摆着的几盆君子兰，深绿肥大的叶子，给我心中增添了绿色的力量。

多么可爱的清晨，多么宁静的清晨！

此时我怡然自得，其乐陶陶。我真觉得，人生毕竟是非常可爱的，大地毕竟是非常可爱的。我有点不知老之已至了。我这个从来不写诗的人心中似乎也有了一点诗意。

此身合是诗人未？

鸲影湖光入目明。

我好像真正成为一个诗人了。

月是故乡明

每个人都有个故乡，人人的故乡都有个月亮。人人都爱自己故乡的月亮。事情大概就是这个样子。

但是，如果只有孤零零一个月亮，未免显得有点孤单。因此，在中国古代诗文中，月亮总有什么东西当陪衬，最多的是山和水，什么“山高月小”“三潭印月”等等，不可胜数。

我的故乡是在山东西北部大平原上。我小的时候，从来没有见过山，也不知山为何物，我曾幻想，山大概是一个圆而粗的柱子吧，顶天立地，好不威风。以后到了济南，才见到山，恍然大悟：山原来是这个样子呀。因此，我在故乡里望月，从来不同山联系。像苏东坡说的“月出于东山之上，徘徊于斗牛之间”，完全是我无法想象的。

至于水，我的故乡小村却大大地有。几个大苇坑占了小村面积一多半。在我这个小孩子眼中，虽不能像洞庭湖“八月湖水平”那样有气派，但也颇有一点烟波浩渺之势。到了夏天，黄昏以后，我在坑边的场院里躺在地上，数天上的星星。有时候在古柳下面点起篝火，然后上树一摇，成群的知了飞落下来，比白天用嚼烂的麦粒去粘要容易得多。我天天晚上乐此不疲，天天盼望黄昏早早来临。

到了更晚的时候，我走到坑边，抬头看到晴空一轮明月，清光四溢，与水里的那个月亮相映成趣。我当时虽然还不懂什么叫诗兴，但也顾而乐之，心中油然有什么东西在萌动。有时候在坑边玩很久，才回家睡觉。在梦中见到两个月亮叠在一起，清光更加晶莹澄澈。第二天一早起来，到坑边苇子丛里去捡鸭子下的蛋，白白地一闪光，手伸向水中，一摸就是一个蛋。此时更是乐不可支了。

我只在故乡待了六年，以后就离乡背井，漂泊天涯。在济南住了十多年，在北京度过四年，又回到济南待了一年。然后在欧洲住了近十一年，重又回到北京，到现在已经四十多年了。在这期间，我曾到过世界上将近三十个国家，我看过许许多多的月亮。在风光旖旎的瑞士莱芒湖上，在平沙无垠的非洲大沙漠中，在碧波万顷的大海中，在巍峨雄奇的高山上，我都看到过月亮，这些月亮应该说都是美妙绝伦的，我都异常喜欢。但是，看到它们，我立刻就想到我故乡中那个苇坑上面和水中的那个小月亮。对比之下，无论如何我也感到，这些广阔世界的大月亮，万万比不上我那心爱的小月亮。不管我离开我的故乡多少万里，我的心立刻就飞来了。我的小月亮，我永远忘不掉你！

我现在已经年近耄耋，住的朗润园是燕园胜地。夸大一点说，此地有茂林修竹，绿水环流，还有几座土山，点缀其间，风光无疑是绝妙的。前几年，我从庐山休养回来，一个同在庐山休养的老朋友来看我。他看到这样的风光，慨然说：“你住在这样的好地方，还到庐山去干吗呢！”可见朗润园给人印象之深。此地既然有山，有水，有树，有竹，有花，有鸟，每逢望夜，一轮当空，月光闪耀于碧波之上，上下空濛，一碧数顷，而且荷香远溢，宿鸟幽鸣，真不能不说是赏月胜地。荷塘月色的奇景，就在我的窗外。不管是谁来到这里，难道还能不顾而乐之吗？

然而，每值这样的良辰美景，我想到的却仍然是故乡苇坑里的那个平凡的小月亮。见月思乡，已经成为我经常的经历。思乡之病，说不上是苦是乐，其中有追忆，有惆怅，有留恋，有惋惜。流光如逝，时不再来。在微苦中实有甜美在。

月是故乡明。我什么时候能够再看到我故乡里的月亮呀！我怅望南天，心飞向故里。

我爱北京的小胡同

我爱北京的小胡同，北京的小胡同也爱我，我们已经结下了永恒的缘分。

六十多年前，我到北京来考大学，就下榻于西单大木仓里面一条小胡同中的一个小公寓里。白天忙于到沙滩北大三院去应试。北大与清华各考三天，考得我焦头烂额，精疲力尽；夜里回到公寓小屋中，还要忍受臭虫的围攻，特别可怕的是那些臭虫的空降部队，防不胜防。

但是，我们这一帮山东来的学生仍然能够苦中作乐。在黄昏时分，总要到西单一带去逛街。街灯并不辉煌，“无风三尺土，有雨一街泥”，也会令人不快。我们却甘之若饴。耳听铿锵清脆、悠扬有致的京腔，如闻仙乐。此时鼻管里会蓦地涌入一股幽香，是从路旁小花摊上的栀子花和茉莉花那里散发出来的。回到公寓，又能听到小胡同中的叫卖声：“驴肉！驴肉！”“王致和的臭豆腐！”其声悠扬、深邃，还含有一点凄清之意。这声音把我送入梦中，送到与臭虫搏斗的战场上。

将近五十年前，我在欧洲待了十年多以后，又回到了故都。这一次是住在东城的一条小胡同里：翠花胡同，与南面的东厂胡同为邻。我住的地方后门在翠花胡同，前门则在东厂胡同，据说就是明朝的特务机关东厂所在地，是折磨、囚禁、拷打、杀害所谓“犯人”的地方，冤死之人极多，他们的鬼魂据说常出来显灵。我是不相信什么鬼怪的，我感兴趣的不是什么鬼怪显灵，而是这一所大房子本身。它地跨两个胡同，其大可知。里面重楼复阁，回廊盘曲，院落错落，花园重叠，一个陌生人走进去，必然是如入迷宫，不辨东西。

然而，这样复杂的内容，无论是从前面的东厂胡同，还是从后面的翠花胡同，都是看不出来的。外面十分简单，里面十分复杂；外面十分平凡，里面十分神奇。这是北京许多小胡同共有的特点。

据说当年黎元洪大总统在这里住过。我住在这里的时候，北大校长胡适住在黎住过的房子中。我住的地方仅仅是这个大院子中的一个旮旯，在西北角上。但是这个旮旯也并不小，是一个三进的院子，我第一次体会到“庭院深深深几许”的意境。我住在最深一层院子的东房中，院子里摆满了汉代的砖棺。这里本来就是北京的一所“凶宅”，再加上这些棺材，黄昏时分，总会让人感觉到鬼影幢幢，毛骨悚然。所以很少有人敢在晚上来拜访我。我每日“与鬼为邻”，倒也过得很安静。

第二进院子里有很多树木，我最初没有注意是什么树。有一个夏日的晚上，刚下过一阵雨，我走在树下，忽然闻到一股幽香。原来这些是马缨花树，现在树上正开着繁花，幽香就是从这里散发出来的。

这一下子让我回忆起十几年前西单的栀子花和茉莉花的香气。当时我是一个十九岁的大孩子，现在成了中年人。相距将近二十年的两个我，忽然融合到一起来了。

不管是六十多年，还是五十年，都成为过去了。现在北京的面貌天天在改变，层楼摩天，国道宽敞。然而那些可爱的小胡同，却日渐消逝，被摩天大楼吞噬掉了。看来在现实中小胡同的命运和地位都要日趋消沉，这是不可抗御的，也不一定就算是坏事。可是我仍然执著地关心我的小胡同。就让它们在我的心中占一个地位吧，永远，永远。

我爱北京的小胡同，北京的小胡同也爱我。

赋得永久的悔

题目是韩小蕙女士出的，所以名之曰“赋得”。但文章是我心甘情愿作的，所以不是八股。

我为什么心甘情愿作这样一篇文章呢？一言以蔽之，题目出得好，不但实获我心，而且先获我心：我早就想写这样一篇东西了。

我已经到了望九之年。在过去的七八十年中，从乡下到城里，从国内到国外，从小学、中学、大学到洋研究院，从“志于学”到超过“从心所欲不逾矩”，曲曲折折，坎坎坷坷，既走过阳关大道，也走过独木小桥，既经过“山重水复疑无路”，又看到“柳暗花明又一村”，喜悦与忧伤并驾，失望与希望齐飞，我的经历可谓多矣。要讲后悔之事，那是俯拾即是。要选其中最深切、最真实、最难忘的悔，也就是永久的悔，那也是唾手可得，因为它片刻也没有离开过我的心。

我这永久的悔就是：不该离开故乡，离开母亲。

我出生在鲁西北一个极端贫困的村庄里。我们家是贫中之贫，真可以说是贫无立锥之地。“十年浩劫”中，我自己跳出来反对北大那一位倒行逆施但又炙手可热的“老佛爷”，被她视为眼中钉，必欲除之而后快。她手下的小喽啰们曾两次窜到我的故乡，处心积虑把我“打”成地主，他们那种狗仗人势穷凶极恶的教师爷架子，并没有能吓倒我的乡亲。我小时候的一位伙伴指着他们的鼻子，大声说："如果让整个官庄来诉苦的话，季羡林家里是第一家！"

这一句话并没有夸大，他说的是实情。我祖父母早亡，留下了我父亲等三个兄弟，孤苦伶仃，无依无靠。最小的一叔送了人。我父亲和九叔饿得没有办法，只好到别人家的枣林里去捡落到地上的干枣充饥。这当然不是长久之计。最后兄弟俩被逼背乡离井，盲流到济南去谋生。此时他俩也不过十几二十岁。在举目无亲的大城市里，必然是经过千辛万苦，九叔在济南落住了脚。于是我父亲就回到了故乡，说是农民，但又无田可耕。又必然是经过千辛万苦，九叔从济南有时寄点钱回家，父亲赖以生活。不知怎么一来，竟然寻（读若 xín）上了媳妇，她就是我的母亲。母亲的娘家姓赵，门当户对，她家穷得同我们家差不多，否则也决不会结亲。她家里饭都吃不上，哪里有钱、有闲上学。所以我母亲一个字也不识，活了一辈子，连个名字都没有。她家是在另一个庄上，离我们庄五里路。这个五里路就是我母亲毕生所走的最长的距离。

北京大学那一位"老佛爷"要"打"成"地主"的人，也就是我，就出生在这样一个家庭里，就有这样一位母亲。

后来我听说，我们家确实也"阔"过一阵。大概在清末民初，九叔在东三省用口袋里剩下的最后的五角钱，买了十分之一的湖北水灾奖券，中了奖。兄弟俩商量，要"富贵而归故乡"，回家扬一下眉，吐一下气。于是把钱运回家，九叔仍然留在城里，乡里的事由父亲一手张罗。他用荒唐离奇的价钱，买了砖瓦，盖了房子。又用荒唐离奇的价钱，置了一块带一口水井的田地。一时兴会淋漓，真正扬眉吐气了。可惜好景不长，我父亲又用荒唐离奇的方式，仿佛宋江一样，豁达大度，招待四方朋友。一转瞬间，盖成的瓦房又拆了卖砖、卖瓦。有水井的田地也改变了主人。全家又回归到原来的情况。我就是在这个时候，在这样的情况下降生到人间来的。

母亲当然亲身经历了这个巨大的变化。可惜，当我同母亲住在一起的时候，我只有几岁，告诉我，我也不懂。所以，我们家这一次陡然上升，又陡然下降，只像是昙花一现，我到现在也不完全明白。这个谜恐怕要成为永恒的谜了。

不管怎样，我们家又恢复到从前那种穷困的情况。后来听人说，我们家那时只有半亩多地。这半亩多地是怎么来的，我也不清楚。一家三口人就靠这半亩多地生活。城里的九叔当然还会给点接济，然而像中湖北水灾奖那样的事儿，一辈子有一次也不算少了，九叔没有多少钱接济他的哥哥了。

家里日子是怎样过的，我年龄太小，说不清楚。反正吃得极坏，这个我是懂得的。按照当时的标准，吃“白的”（指麦子面）最高，其次是吃小米面或棒子面饼子，最次是吃红高粱饼子，颜色是红的，像猪肝一样。“白的”与我们家无缘，“黄的”（小米面或棒子面饼子颜色都是黄的）与我们缘分也不大，终日为伍者只有“红的”。这“红的”又苦又涩，真是难以下咽。但不吃又害饿，我真有点谈“红”色变了。

但是，小孩子也有小孩子的办法。我祖父的堂兄是一个举人，他的夫人我喊她奶奶。他们这一支是有钱有地的，虽然举人死了，但家境依然很好。我这一位大奶奶仍然健在。她的亲孙子早亡，所以把全部的钟爱都倾注到我身上来。她是整个官庄能够吃“白的”的仅有的几个人中之一。她不但自己吃，而且每天都给我留出半个或者四分之一个白面馍馍来。我每天早晨一睁眼，立即跳下炕来向村里跑，我们家住在村外。我跑到大奶奶跟前，清脆甜美地喊上一声：“奶奶！”她立即笑得合不上嘴，把手缩回到肥大的袖子，从口袋里掏出一小块馍馍，递给我，这是我一天最幸福的时刻。

此外，我也偶尔能够吃一点“白的”，这是我自己用劳动换来的。一到夏天麦收季节，我们家根本没有什么麦子可收。对门住的宁家大婶子和大姑——她们家也穷得够呛——就带我到本村或外村富人的地里去“拾麦子”。所谓“拾麦子”就是别家的长工割过麦子，总还会剩下那么一点点麦穗，这些都是不值得一捡的，我们这些穷人就来“拾”。因为剩下的决不会多，我们拾上半天，也不过拾半篮子；然而对我们来说，这已经是如获至宝了。一定是大婶和大姑对我特别照顾，以一个四五岁、五六岁的孩子，拾上一个夏天，也能拾上十斤八斤麦粒。这些都是母亲亲手搓出来的。为了对我加以奖励，麦季过后，母亲便把麦子磨成面，蒸成馍馍，或贴成白面饼子，让我解解馋。我于是就大快朵颐了。

记得有一年，我拾麦子的成绩也许是有点“超常”。到了中秋节——农民嘴里叫“八月十五”——母亲不知从哪里弄了点月饼，给我掰了一块，我就蹲在一块石头旁边，大吃起来。在当时，对我来说，月饼可真是神奇的好东西，龙肝凤髓也难以比得上的，我难得吃上一次。我当时并没有注意，母亲是否也在吃。现在回想起来，她根本一口也没有吃。不但是月饼，连其他“白的”，母亲从来都没有尝过，都留给我吃了。她大概是毕生就与红色的高粱饼子为伍。到了俭年，连这个也吃不上，那就只有吃野菜了。

至于肉类，吃的回忆似乎是一片空白。我姥娘家隔壁是一家卖煮牛肉的作坊。给农民劳苦耕耘了一辈子的老黄牛，到了老年，耕不动了，几个农民便以极其低的价钱买来，用极其野蛮的办法杀死，把肉煮烂，然后卖掉。老牛肉难煮，实在没有办法，农民就在肉锅里小便一通，这样肉就好烂了。农民心肠好，有了这种情况，就昭告四邻：“今天的肉你们别买！”姥娘家穷，虽然极其疼爱我这个外孙，也只能用土罐子，花几个制钱，装一罐子牛肉汤，聊胜于无。记得有一次，罐子里多了一块牛肚子。这就成了我的专利。我舍不得一气吃掉，就用生了锈的小铁刀，一块一块地割着吃，慢慢地吃。这一块牛肚真可以同月饼媲美了。

“白的”、月饼和牛肚难得，“黄的”怎样呢？“黄的”也同样难得。但是，尽管我只有几岁，我却也想出了办法。到了春、夏、秋三个季节，庄外的草和庄稼都长起来了。我就到庄外去割草，或者到人家高粱地里去劈高粱叶。劈高粱叶，田主不但不禁止，而且还欢迎；因为叶子一劈，通风情况就能改进，高粱长得就能更好，粮食打得就能更多。草和高粱叶都是喂牛用的。我们家穷，从来没有养过牛。我二大爷家是有地的，经常养着两头大牛。我这草和高粱叶就是给它们准备的。每当我这个不到三块豆腐干高的孩子背着一大捆草或高粱叶走进二大爷的大门，我心里有所恃而不恐，把草放在牛圈里，赖着不走，总能蹭上一顿“黄的”吃，不会被二大娘“捲”（我们那里的土话，意思是“骂”）出来。到了过年的时候，自己心里觉得，在过去的一年里，自己喂牛立了功，又有了勇气到二大爷家里赖着吃黄面糕。黄面糕是用黄米面加上枣蒸成的。颜色虽黄，却位列“白的”之上，因为一年只在过年时吃一次，“物以稀为贵”，于是黄面糕就贵了起来。

我上面讲的全是吃的东西。为什么一讲到母亲就讲起吃的东西来了呢？原因并不复杂。第一，我作为一个孩子容易关心吃的东西。第二，所有我在上面提到的好吃的东西，几乎都与母亲无缘。除了“红的”以外，其余她都不沾边儿。我在她身边只待到六岁，以后两次奔丧回家，待的时间也很短。现在我回忆起来，连母亲的面影都是迷离模糊的，没有一个清晰的轮廓。特别有一点，让我难解而又易解：我无论如何也回忆不起母亲的笑容来，她好像是一辈子都没有笑过。家境贫困，儿子远离，她受尽了苦难，笑容从何而来呢？有一次我回家听对面的宁大婶子告诉我说：“你娘经常说：‘早知道送出去回不来，我无论如何也不会放他走的！’”简短的一句话里面含着多少辛酸、多少悲伤啊！母亲不知有多少日日夜夜，眼望远方，盼望自己的儿子回来啊！然而这个儿子却始终没有归去，一直到母亲离开这个世界。

对于这个情况，我最初懵懵懂懂，理解得并不深刻。到了上高中的时候，自己大了几岁，逐渐理解了，但是自己寄人篱下，经济不能独立，空有雄心壮志，怎奈无法实现。我暗暗地下定了决心，立下誓愿：一旦大学毕业，自己找到工作，立即迎养母亲。然而没有等到我大学毕业，母亲就离开我走了，永远永远地走了。古人说，“树欲静而风不止，子欲养而亲不待”，这话正应到我身上。我不忍想象母亲临终时思念爱子的情况，一想到，我就会心肝俱裂，眼泪盈眶。当我从北平赶回济南，又从济南赶回清平奔丧的时候，看到了母亲的棺材，看到那简陋的屋子，我真想一头撞死在棺材上，随母亲于地下。我后悔，我真后悔，我千不该万不该离开了母亲。世界上无论什么名誉，什么地位，什么幸福，什么尊荣，都比不上待在母亲身边，即使她一个字也不识，即使整天吃“红的”。

这就是我的“永久的悔”。

我的家

我曾经有过一个温馨的家。那时候，老祖和德华都还活着，她们从济南迁来北京，我们住在一起。

老祖是我的婶母，全家都尊敬她，尊称之为老祖。她出身中医世家，人极聪明，很有心计。她从小学会了一套治病的手段，有家传治白喉的秘方，治疗这种十分危险的病，十拿十稳，手到病除。因自幼丧母，没人替她操心，耽误了出嫁的黄金时刻，成了一位山东话称之为“老姑娘”的人，年近四十，才嫁给了我叔父，做续弦的妻子。她心灵中经受的痛苦之剧烈，概可想见。然而她是一个十分坚强的人，从来没有对人流露过，实际上，作为一个丧母的孤儿，又能对谁流露呢？

德华是我的老伴，是奉父母之命，通过媒妁之言同我结婚的。她只有小学水平，认了一些字，也早已还给老师了。她是一个真正善良的人，一生没有跟任何人闹过对立，发过脾气。她也是自幼丧母的，在她那堂姊妹兄弟众多的、生计十分困难的大家庭里，终日愁米愁面，当然也受过不少的苦，没有母亲这一把保护伞，有苦无处诉，她的青年时代是在愁苦中度过的。

至于我自己，我虽然不是自幼丧母，但是，六岁就离开母亲，没有母爱的滋味，我尝得透而又透。我大学还没有毕业，母亲就永远离开了我，这使我抱恨终天，成为我的“永久的悔”。

我的脾气，不能说是暴躁，而是急躁，想到干什么，必须立即干成，否则就坐卧不安。我还不能说自己是个坏人，因为，除了为自己考虑外，我还能为别人考虑。我坚决反对曹操的“宁要我负天下人，不要天下人负我”。

就是这样三个人组成了一个家庭。

为什么说是一个温馨的家呢？首先是因为我们家六十年来没有吵过一次架，甚至没有红过一次脸。我想，这即使不能算是绝无仅有，也是极为难能可贵的。把这样一个家庭称之为温馨不正是恰如其分吗？其中也不是没有原因的。

我们全家都尊敬老祖，她是我们家的功臣。正当我们家经济濒于破产的时候，从天上掉下一个馅儿饼来：我获得一个到德国去留学的机会。我并没有什么凌云的壮志，只不过是想苦熬两年，镀上一层金，回国来好抢得一只好饭碗，如此而已。焉知两年一变而成了十一年。如果不是老祖苦苦挣扎，摆过小摊，卖过破烂，勉强让一老——我的叔父，二中——老祖和德华，二小——我的女儿和儿子，能够有一口饭吃，才得度过灾难。否则，我们家早已家破人亡了。这样一位大大的功臣，我们焉能不尊敬呢？

如果真有“毫不利己，专门利人”的人的话，那就是老祖和德华。她们忙忙叨叨买菜、做饭，等到饭一做好，她俩却坐在旁边看着我们狼吞虎咽，自己只吃残羹剩饭。这逼得我不得不从内心深处尊敬她们。

我们曾经雇过一个从安徽来的年轻女孩子当小时工，她姓杨，我们都管她叫小杨，是一个十分温顺、诚实、少言寡语的女孩子。每天在我们家干两小时的活，天天忙得没有空闲时间。我们家的两个女主人经常在午饭的时候送给小杨一个热馒头，夹上肉菜，让她吃了当午饭，立即到别的家去干活。有一次，小杨背上长了一个疮，老祖是医生，懂得其中的道理。据她说，疮长在背上，如凸了出来，这是良性的，无大妨碍。如果凹了进去，则是民间所谓的大背疮，古书上称之为疽，是能要人命的。当年范增“疽发背死”，就是这种疮。小杨患的也恰恰是这种疮。于是，小杨每天到我们家来，不是干活，而是治病，主治大夫就是老祖，德华成了助手。天天挤脓、上药，忙完整整两小时，小杨再到别的家去干活。最后，奇迹出现了，过了几个月，小杨的疽完全好了。老祖始终没有告诉她这种疮的危险性。小杨离开北京回到安徽老家以后，还经常给我们来信，可见我们家这两位女主人之恩，使她毕生难忘了。

我们的家庭成员，除了“万物之灵”的人以外，还有几个并非万物之灵的猫。我们养的第一只猫，名叫虎子，脾气真像是老虎，极为暴烈。但是，对我们三个人却十分温顺，晚上经常睡在我的被子上。晚上，我一上床躺下，虎子就和另外一只名叫咪咪的猫，连忙跳上床来，争夺我脚头上那一块地盘，沉沉地压在那里。如果我半夜里醒来，觉得脚头上轻轻的，我知道，两只猫都没有来，这时我往往难再入睡。在白天，我出去散步，两只猫就跟在我后面，我上山，它们也上山；我下来，它们也跟着下来。这成为燕园中一条著名的风景线，名传遐迩。

这难道不是一个温馨的家庭吗？

然而，光阴如电光石火，转瞬即逝。到了今天，人猫俱亡，我们的家庭只剩下了我一个人，形单影只，过了一段寂寞凄苦的生活。

然而，天无绝人之路。隔了不久，我的同事，我的朋友，我的学生，了解到我的情况之后，立刻伸出了爱援之手，使我又萌生了活下去的勇气。其中有一位天天到我家来“打工”，为我操吃操穿，读信念报，招待来宾，处理杂务，不是亲属，胜似亲属。让我深深感觉到，人间毕竟是温暖的，生活毕竟是“美丽的”（我讨厌这个词儿，姑一用之）。如果没有这些友爱和帮助，我恐怕早已登上了八宝山，与人世“拜拜”了。

那些非万物之灵的家庭成员如今数目也增多了。我现在有四只纯种的从家乡带来的波斯猫，活泼，顽皮，经常挤入我的怀中，爬上我的脖子。其中一只，尊号“毛毛四世”的小猫，正在爬上我的脖子，被一位摄影家在不到半秒钟的时间内抢拍了一个镜头，赫然登在《人民日报》上，受到了许多人的赞扬，成为蜚声猫坛的一只世界名猫。

眼前，虽然我们家只剩下我一个孤家寡人，你难道能说这不是一个温馨的家吗？

九十述怀

杜甫诗“人生七十古来稀”，对旧社会来说，这是完全正确的，因为它符合实际情况。但是，到了今天，老百姓却创造了三句顺口溜：“七十小弟弟，八十多来兮，九十不稀奇。”这也是完全正确的，因为它符合实际情况。

但是，对我来说，却另有一番纠葛。我行年九十矣，是不是感到不稀奇呢？答案是：不是，又是。不是者，我没有感到不稀奇，而是感到稀奇，非常稀奇。我曾在很多地方都说过，我在任何方面都是一个没有雄心壮志的人，我不会说大话，不敢说大话，在年龄方面也一样。我的第一本账只计划活四十岁到五十岁。因为我的父母都只活了四十多岁，遵照遗传的规律，遵照传统伦理道德，我不能也不应活得超过了父母。我又哪里知道，仿佛一转瞬间，我竟活过了从心所欲不逾矩之年，又进入了耄耋的境界，要向期颐进军了。这样一来，我能不感到稀奇吗？

但是，为什么又感到不稀奇呢？从目前的身体情况来看，除了眼睛和耳朵有点不算太大的问题和腿脚不太灵便外，自我感觉还是良好的，写一篇一两千字的文章，倚椅可待。待人接物，应对进退，还是“难得糊涂”的。这一切都同十年前，或者更长的时间以前，没有什么两样。李太白诗“高堂明镜悲白发”，我不但发已全白（有人告诉我，又有黑发长出），而且秃了顶。这一切也都是事实，可惜我不是电影明星，一年照不了两次镜子，那一切我都不视不见。在潜意识中，自己还以为是“朝如青丝”哩。对我这样无知无识、麻木不仁的人，连上帝也没有办法。在这样的情况下，我怎么能不感到不稀奇呢？

但是，我自己又觉得，我这种精神状态之所以能够产生，不是没有根据的。我国现行的退休制度，教授年龄是六十岁到七十岁。可是，就我个人而论，在学术研究上，我的冲刺起点是在八十岁以后。开了几十年的会，经过了不知道多少次政治运动，做过不知道多少次自我检查，也不知道多少次对别人进行批判，最后又经历了“十年浩劫”，“对酒当歌，人生几何？”我自己的一生就是这样白白地消磨过去了。如果不是造化小儿对我垂青，制止了我实行自己年龄计划的话，在我八十岁以前（这也算是高寿了）就“遽归道山”，我留给子孙后代的东西恐怕是不会多的。不多也不一定就是坏事。留下一些不痛不痒、灾梨祸枣的所谓著述，对任何人都没有好处。但是，对我自己来说，恐怕就要“另案处理”了。

在从八十岁到九十岁这个十年内，在我冲刺开始以后，颇有一些值得纪念的甜蜜的回忆。在撰写我一生最长的一部长达八十万字的著作《糖史》的过程中，颇有一些情节值得回忆，值得玩味。在长达两年的时间内，我每天跑一趟大图书馆，风雨无阻，寒暑无碍。燕园风光旖旎，四时景物不同。春天姹紫嫣红，夏天荷香盈塘，秋天红染霜叶，冬天六出蔽空。称之为人间仙境，也不为过。然而，在这两年中，我几乎天天都在这样瑰丽的风光中行走，可是我都视而不见，甚至不视不见。未名湖的涟漪，博雅塔的倒影，被外人视为奇观的胜景，也未能逃过我的漠然，懵然，无动于衷。我心中想到的只是大图书馆中的盈室满架的图书，鼻子里闻到的只有那里的书香。

《糖史》的写作完成以后，我又把阵地从大图书馆移到家中来。运筹于斗室之中，决战于几张桌子之上。我研究的对象变成了吐火罗文 A 方言的《弥勒会见记剧本》。这也不是一颗容易咬的核桃，非用上全力不行。最大的困难在于缺乏资料，而且多是国外的资料。没有办法，只有时不时地向海外求援。现在虽然号称信息时代，可是我要的消息多是刁钻古怪的东西，一时难以搜寻，我只有耐着性子恭候。舞笔弄墨的朋友，大概都能体会到，当一篇文章正在进行写作时，忽然断了电，你心中真如火烧油浇，然而却毫无办法，只盼喜从天降了，只能听天由命了。此时燕园旖旎的风光，对于我似有似无，心里想到的，切盼的只有海外的来信。如此又熬了一年多，《弥勒会见记剧本》英译本终于在德国出版了。

两部著作完了以后，我平生大愿算是告一段落。痛定思痛，蓦地想到了，自己已是望九之年了。这样的岁数，古今中外的读书人能达到的只有极少数。我自己竟能置身其中，岂不大可喜哉！

我想停下来休息片刻，以利再战。这时就想到，我还有一个家。在一般人心目中，家是停泊休息的最好的港湾。我的家怎样呢？直白地说，我的家就我一个孤家寡人，我就是家，我一个人吃饱了，全家不害饿。这样一来，我应该感觉很孤独了吧。然而并不。我的家庭“成员”实际上并不止我一个“人”。我还有四只极为活泼可爱的，一转眼就偷吃东西的，从我家乡山东临清带来的白色波斯猫，眼睛一黄一蓝。它们一点礼节都没有，一点规矩都不懂，时不时地爬上我的脖子，为所欲为，大胆放肆，有一只还专在我的裤腿上撒尿。这一切我不但不介意，而且顾而乐之，让猫们的自由主义恶性发展。

我的家庭“成员”还不止这样多，我还养了两只山大小校友张衡送给我的乌龟。乌龟这玩意儿，现在名声不算太好，但在古代却是长寿的象征。有些人的名字中也使用“龟”字，唐代就有李龟年、陆龟蒙等等。龟们的智商大概低于猫们，它们决不会从水中爬出来爬上我的肩头。但是，龟们也自有龟之乐，当我向它们喂食时，它们伸出了脖子，一口吞下一粒，它们显然是愉快的。可惜我遇不到惠施，他决不会同我争辩，我何以知道龟之乐。

我的家庭“成员”还没有到此为止，我还饲养了五只大甲鱼。甲鱼，在一般老百姓嘴里叫“王八”，是一个十分不光彩的名称，人们讳言之。然而我却堂而皇之地养在大瓷缸内，一视同仁，毫无歧视之心。是不是我神经出了毛病？用不着请医生去检查，我神经十分正常。我认为，甲鱼同其他动物一样有生存的权利，称之为王八，是人类对它的诬蔑，是向它头上泼脏水。可惜甲鱼无知，不会向世界最高法庭上去状告人类，还要要求赔偿名誉费若干美元，而且要登报声明。我个人觉得，人类在新世纪、新千年中最重要的任务是处理好与大自然的关系。恩格斯已经警告过我们，不要过分陶醉于我们对自然界的胜利。

对每一次这样的胜利，自然界都报复了我们。一百多年来的历史事实，日益证明了恩格斯警告之正确与准确。在新世纪中，人类首先必须改恶向善，改掉乱吃其他动物的恶习。人类必须遵守宋代大儒张载的话，“民吾同胞，物吾与也”，把甲鱼也看成是自己的伙伴，把大自然看成是自己的朋友，而不是征服的对象。这样一来，人类庶几能有美妙光辉的前途。至于对我自己，也许有人认为我是《世说新语》中的人物，放诞不经。如果真正有的话，那就，那就——由它去吧。

再继续谈我的家和我自己。

我在“十年浩劫”中，自己跳出来反对那位倒行逆施的“老佛爷”，被打倒在地，被戴上了无数顶莫须有的帽子，天天被打、被骂。最初也只觉得滑稽可笑。但“谎言说上一千遍，就变成了真理”，最后连我自己都怀疑起来了：“此身合是坏人未？泪眼迷离问苍天。”其实我并没有那么坏，但在许多人眼中，我已经成了一个“不可接触者”。

然而，世事多变，人间正道。不知道是怎么一来，我竟转身一变成了一个“极可接触者”。我常以知了自比。知了的幼虫最初藏在地下，黄昏时爬上树干，天一明就脱掉了旧壳，长出了翅膀，长鸣高枝，成了极富诗意的虫类，引得诗人“倚杖柴门外，临风听暮蝉”了。我现在就是一只长鸣高枝的蝉，名声四被，头上的桂冠比“文革”中头上戴的高帽子还要高出多多，有时候我自己都觉得脸红。其实我自己深知，我并没有那么好。然而，我这样发自肺腑的话，别人是不会相信的。这样一来，我虽孤家寡人，其实家里每天都是热闹非凡。有一位多年的老同事，天天到我家里来“打工”，处理我的杂务，照顾我的生活，最重要的事情是给我读报、读信，因为我眼睛不好，还有就是同不断打电话来或者亲自登门来的自称是我的“崇拜者”的人们打交道。学校领导因为觉得我年纪已大，不能再招待那么多的来访者，在我门上贴出了通告，想制约一下来访者的袭来，但用处不大，许多客人都视而不见，照样敲门不误。有少数人竟在门外荷塘边上等上几个钟头。除了来访者、打电话者外，还有扛着沉重的录像机而来的电视台的导演和记者，以及每天都收到的数量颇大的信件和刊物。有一些年青的大中学生，把我看成了有求必应的土地爷，或者能预言先知的季铁嘴，向我请求这请求那，向我倾诉对自己父母都不肯透露的心中的苦闷。这些都要我那位“打工”的老同事来处理，我那位打工者此时就成了拦驾大使，想尽花样，费尽唇舌，说服那些想来采访、想来拍电视的好心和热心又诚心的朋友们，请他们少安毋躁。这是极为繁重而困难的工作，我能深切体会。其忙碌困难的情况，我是能理解的。

最让我高兴的是，我结交了不少新朋友。他们都是著名的书法家、画家、诗人、作家、教授。我们彼此之间，除了真挚的感情和友谊之外，决无所求于对方。我是相信缘分的，“有缘千里来相会，无缘对面不相识”，缘分是说不明道不白的东西，但又确实存在。我相信，我同朋友之间就是有缘分的。我们一见如故，无话不谈。没见面时，总惦记着见面的时间；既见面则如鱼得水，心旷神怡；分手后又是朝思暮想，忆念难忘。对我来说，他们不是亲属，胜似亲属。有人说：“人生得一知己足矣。”

我得到的却不只是一个知己，而是一群知己。有人说我活得非常滋润。此情此景，岂是“滋润”二字可以了得!

我是一个呆板保守的人，秉性固执。几十年养成的习惯，我决不改变。一身卡其布的中山装，国内外不变，季节变化不变，别人认为是老顽固，我则自称是“博物馆的人物”，以示“抵抗”，后发制人。生活习惯也决不改变。四五十年来养成了早起的习惯，每天早晨四点半起床，前后差不了五分钟。古人说“黎明即起”，对我来说，这话夏天是适合的；冬天则是在黎明之前几个小时，我就起来了。我五点吃早点，可以说是先天下之早点而早点。吃完立即工作。我的工作主要是爬格子。几十年来，我已经爬出了上千万的字。这些东西都值得爬吗？我认为是值得的。我爬出的东西不见得都是精金粹玉，都是甘露醍醐，吃了能让人升天成仙。但是其中决没有毒药，决没有假冒伪劣，读了以后至少能让人获得点享受，能让人爱国，爱乡，爱人类，爱自然，爱儿童，爱一切美好的东西。总之一句话，能让人在精神境界中有所收益。我常常自己警告说：人吃饭是为了活着，但活着决不是为了吃饭。人的一生是短暂的，决不能白白把生命浪费掉。如果我有一天工作没有什么收获，晚上躺在床上就疚愧难安，认为是慢性自杀。爬格子有没有名利思想呢？坦白地说，过去是有的。可是到了今天，名利对我都没有什么用处了，我之所以仍然爬，是出于惯性，其他冠冕堂皇的话，我说不出。“爬格不知老已至，名利于我如浮云”，或可能道出我现在的心情。

你想到过死没有呢？我仿佛听到有人在问。好，这话正问到节骨眼上。是的，我想到过死，过去也曾想到死，现在想得更多而已。在“十年浩劫”中，在1967年，一个千钧一发般的小插曲使我避免了走上“自绝于人民的”道路。从那以后，我认为，我已经死过一次，多活一天，都是赚的，到现在已经三十多年了，我真赚了个满堂满贯，真成为一个特殊的大富翁了。但人总是要死的，在这方面，谁也没有特权，没有豁免权。虽然常言道：“黄泉路上无老少。”但是老年人毕竟有优先权。燕园是一个出老寿星的宝地。我虽年届九旬，但按照年龄顺序排队，我仍落在十几名之后。我曾私自发下宏愿大誓：在向八宝山的攀登中，我一定按照年龄顺序鱼贯而登，决不抢班夺权，硬去加塞。至于事实究竟如何，那就请听下回分解了。

既然已经死过一次，多少年来，我总以为自己已经参悟了人生。我常拿陶渊明的四句诗当作座右铭：“纵浪大化中，不喜亦不惧。应尽便须尽，无复独多虑。”现在才逐渐发现，我自己并没能完全做到。常常想到死，就是一个证明，我有时幻想，自己为什么不能像朋友送给我摆在桌上的奇石那样，自己没有生命，但也决不会有死呢？我有时候也幻想：能不能让造物主勒住时间前进的步伐，让太阳和月亮永远明亮，地球上一切生物都停住不动、不老呢？哪怕是停上十年八年呢？大家千万不要误会，认为我怕死怕得要命。决不是那样。我早就认识到，永远变动，永不停息，是宇宙根本规律，要求不变是荒唐的。万物方生方死，是至理名言。江文通《恨赋》中说：“自古皆有死，莫不饮恨而吞声。”那是没有见地的庸人之举，我虽庸陋，水平还不会那样低。即使我做不到热烈欢迎大限之来临，我也决不会饮恨吞声。

但是，人类是心中充满了矛盾的动物，其他动物没有思想，也就不会有这样多的矛盾。我忝列人类的一分子，心里面的矛盾总是免不了的。我现在是一方面眷恋人生，一方面却又觉得，自己活得实在太辛苦了，我想休息一下了。我向往庄子的话："大块载我以形，劳我以生。"大家千万不要误会，以为我就要自杀。自杀那玩意儿我决不会再干了。在别人眼中，我现在活得真是非常非常惬意了。不虞之誉，纷至沓来；求全之毁，几乎绝迹。我所到之处，见到的只有笑脸，感到的只有温暖。时时如坐春风，处处如沐春雨，人生至此，实在是真应该满足了。然而，实际情况却并不完全是这样惬意。古人说："不如意事常八九。"这话对我现在来说也是适用的。我时不时地总会碰到一些令人不愉快的事情，让自己的心情半天难以平静。即使在春风得意中，我也有自己的苦恼。我明明是一头瘦骨嶙峋的老牛，却有时被认成是日产鲜奶千磅的硕大的肥牛。已经挤出了奶水五百磅，还求索不止，认为我打了埋伏。其中情味，实难以为外人道也。这逼得我不能不想到休息。

我现在不时想到，自己活得太长了，快到一个世纪了。九十年前，山东临清县一个既穷又小的官庄出生了一个野小子，竟走出了官庄，走出了临清，走到了济南，走到了北京，走到了德国，后来又走遍了几个大洲，几十个国家。如果把我的足迹画成一条长线的话，这条长线能绕地球几周。我看过埃及的金字塔，看过两河流域的古文化遗址，看过印度的泰姬陵，看过非洲的撒哈拉大沙漠，以及国内外的许多名山大川。我曾住过总统府之类的豪华宾馆，会见过许多总统、总理一级的人物，在流俗人的眼中，真可谓极风光之能事了。然而，我走过的漫长的道路并不总是铺着玫瑰花的，有时也荆棘丛生。我经过山重水复，也经过柳暗花明；走过阳关大道，也走过独木小桥。我曾到阎王爷那里去报到，没有被接纳。终于曲曲折折，颠颠簸簸，坎坎坷坷，磕磕碰碰，走到了今天。现在就坐在燕园朗润园中一个玻璃窗下，写着《九十述怀》。窗外已是寒冬。荷塘里在夏天接天映日的荷花，只剩下干枯的残叶在寒风中摇曳。玉兰花也只留下光秃秃的枝干在那里苦撑。但是，我知道，我仿佛看到荷花蜷曲在冰下淤泥里做着春天的梦；玉兰花则在枝头梦着“春意闹”。它们都在活着，只是暂时地休息，养精蓄锐，好在明年新世纪、新千年中开出更多更艳丽的花朵。

我自己当然也在活着。可是我活得太久了，活得太累了。歌德暮年在一首著名的小诗中想到休息。我也真想休息一下了。但是，这是绝对不可能的。我就像鲁迅笔下的那一位“过客”那样，我的任务就是向前走，向前走。前方是什么地方呢？老翁看到的是坟墓，小女孩看到的是野百合花。我写《八十述怀》时，看到的是野百合花多于坟墓，今天则倒了一个个儿，坟墓多而野百合花少了。不管怎样，反正我是非走上前去不行的，不管是坟墓，还是野百合花，都不能阻挡我的步伐。冯友兰先生的“何止于米”，我已经越过了米的阶段，下一步就是“相期以茶”了。我觉得，我目前的选择只有眼前这一条路，这一条路并不遥远。等到我十年后再写《百岁述怀》的时候，那就离茶不远了。

寸草心

我已至望九之年，在这漫长的生命中，亲属先我而去的，人数颇多。俗话说："死人生活在活人的记忆里。"先走的亲属当然就活在我的记忆里。越是年老，想到他们的次数越多。想得最厉害的偏偏是几位妇女。因为我是一个激烈的女权卫护者吗？不是的。那么究竟原因何在呢？我说不清。反正事实就是这样。我只能说是因缘和合了。

我在下面依次讲四位妇女。前三位属于"寸草心"的范畴，最后一位算是借了光。

大奶奶

我的上一辈，大排行，共十一位兄弟。老大、老二，我叫他们"大大爷""二大爷"，是同父同母所生。大大爷是个举人，做过一任教谕，官阶未必入流，却是我们庄最高的功名，最大的官，因此家中颇为富有。兄弟俩分家，每人还各得地五六十亩。后来被划为富农。老三、老四、老五、老六、老八、老十，我从未见过，他们父母生身情况不清楚，因家贫遭灾，闯了关东，黄鹤一去不复归矣。老七、老九、老十一，是同父同母所生，老七是我父亲。从小父母双亡，我从来没有见过我的祖父母。贫无立锥之地，十一叔送给了别人，改了姓。九叔也万般无奈被迫背井离乡，流落济南，好歹算是在那里立定了脚跟。我六岁离家，投奔的就是九叔。

所谓“大奶奶”，就是举人的妻子。大大爷生过一个儿子，也就是说，大奶奶有过一个儿子，可惜在娶妻生子后就夭亡了。我从来没有见过他。因此，在我上一辈十一人中，男孩子只有我这一个独根独苗。在旧社会“不孝有三，无后为大”的环境中，我成了家中的宝贝，自是意中事。可能还有一些别的原因，在我六岁离家之前，我就成了大奶奶的心头肉，一天不见也不行。

我们家住在村外，大奶奶住在村内。有很长一段时间，我每天早晨一睁眼，滚下土炕，一溜烟就跑到村内，一头扑到大奶奶怀里。只见她把手缩进非常宽大的袖筒里，不知从什么地方拿出半块或一整个白面馒头，递给我。当时吃白面馒头叫作吃“白的”，全村能每天吃“白的”的人，屈指可数，大奶奶是其中一个，季家全家中唯一的一个。对我这个连“黄的”（指小米面和玉米面）都吃不到，只能凑合着吃“红的”（红高粱面）的小孩子，“白的”简直就像是龙肝凤髓，是我一天望眼欲穿地最希望享受到的。

按年龄推算起来，从能跑路到离开家，大约是从三岁到六岁，是我每天必见大奶奶的时期，也是我一生最难忘怀的一段生活。我的记忆中往往闪出一株大柳树的影子。大奶奶弥勒佛似的端坐在一把奇大的椅子上。她身躯胖大，据说食量很大。

有一次，家人给她炖了一锅肉。她问家里的人：“肉炖好了没有？给我盛一碗拿两个馒头来，我尝尝！”食量可见一斑。可惜我现在怎么样也挖不出吃肉的回忆。我不会没吃过的。大概我的最高愿望也不过是吃点“白的”，超过这个标准，对我就如云天渺茫，连回忆都没有了。

可是我终于离开了大奶奶，以古稀或耄耋的高龄，失掉我这块心头肉，大奶奶内心的悲伤，完全可以想象。“遥怜小儿女，未解忆长安。”我只有六岁，稍有点不安，转眼就忘了。等我第一次从济南回家的时候，是送大奶奶入土的。从此我就永远失掉了大奶奶。

大奶奶会永远活在我的记忆中。

我的母亲

我是一个最爱母亲的人，却又是一个享受母爱最少的人。我六岁离开母亲，以后有两次短暂的会面，都是由于回家奔丧。最后一次是分离八年以后，又回家奔丧。这次奔的却是母亲的丧。回到老家，母亲已经躺在棺材里，连遗容都没能见上。从此，人天永隔，连回忆里母亲的面影都变得迷离模糊，连在梦中都见不到母亲的真面目了。这样的梦，我生平不知已有多少次。直到耄耋之年，我仍然频频梦到面目不清的母亲，总是老泪纵横，哭着醒来。对享受母亲的爱来说，我注定是一个永恒的悲剧人物了。奈之何哉！奈之何哉！

关于母亲，我已经写了很多，这里不想再重复。我只想写一件我决不相信其为真而又热切希望其为真的小事。

在清华大学念书时，母亲突然去世。我从北平赶回济南，又赶回清平，送母亲入土。我回到家里，看到的只是一个黑棺材，母亲的面容再也看不到了。有一天夜里，我正睡在里间的土炕上，一叔陪着我。中间隔一片枣树林的对门的宁大叔，径直走进屋内，绕过母亲的棺材，走到里屋炕前，把我叫醒，说他的老婆宁大婶“撞客”了——我们那里把鬼附人体叫作“撞客”，撞的“客”就是我母亲。我大吃一惊，一骨碌爬起来，跌跌撞撞，跟着宁大叔，穿过枣林，来到他家。宁大婶坐在炕上，闭着眼睛，嘴里却不停地说着话，不是她说话，而是我母亲。一见我（毋宁说是一“听到我”，因为她没有睁眼），就抓住我的手，说：“儿啊！你让娘想得好苦呀！离家八年，也不回来看看我。你知道，娘心里是什么滋味呀！”如此剌剌不休，说个不停。我仿佛当头挨了一棒，懵懵懂懂，不知所措。按理说，听到母亲的声音，我应当号啕大哭。然而，我没有，我似乎又清醒过来。我在潜意识中，连声问着自己：这是可能的吗？这是真事吗？我心里酸甜苦辣，搅成了一锅酱。我对“母亲”说：“娘啊！你不该来找宁大婶呀！你不该麻烦宁大婶呀！”我自己的声音传到我自己的耳朵里，一片空虚，一片淡漠。然而，我又不能不这样，我的那一点“科学”起了支配的作用。“母亲”连声说：“是啊！是啊！我要走了。”于是宁大婶睁开了眼睛，木然、愕然坐在土炕上。我回到自己家里，看到母亲的棺材，伏在土炕上，一直哭到天明。

我不能相信这是真的，但是希望它是真的。倚闾望子，望了八年，终于“看”到了自己心爱的独子，对母亲来说不也是一种安慰吗？但这是多么渺茫，多么神奇的一种安慰呀！

母亲永远活在我的记忆里。

我的婶母

这里指的是我九叔续弦的夫人。第一位夫人，虽然是把我抚养大的，我应当感谢她，但是，留给我的却不都是愉快的回忆。我写不出什么文章。

这一位续弦的婶母，是在 1935 年夏天我离开济南以后才同叔父结婚的，我并没见过她。到了德国写家信，虽然“敬禀者”的对象中也有“婶母”这个称呼，却对我来说是一个空洞的概念，一直到 1947 年，也就是说十二年以后，我从北平乘飞机回济南，才把概念同真人对上了号。

婶母（后来我们家里称她为“老祖”）是绝顶聪明的人，也是一个有个性有脾气的人。我初回到家，她是斜着眼睛看我的。这也难怪，结婚十几年了，忽然凭空冒出来了一个侄子。“他是什么人呢？好人？坏人？好不好对付？”她似乎有这样多问号。这是人之常情，不能怪她。

我却对她非常尊敬，她不是个一般的人。我离家十二年，我在欧洲经历了第二次世界大战，她在国内经历了日军占领和抗日战争。我是亲老、家贫、子幼，可是鞭长莫及，有五六年，音讯不通。上有老，下有小，叔父脾气又极暴烈，甚至有点乖戾，极难侍奉。有时候，经济没有来源，全靠她一个人支持。她摆过烟摊；到小市上去卖衣服家具；在日军刺刀下去领混合面；骑着马到济南南乡里去勘查田地，充当地牙子，赚点钱供家用；靠自己幼时所学的中医知识，给人看病。她以“少妻”的身份，对付难以对付的“老夫”。她的苦心至今还催我下泪。在这万分艰苦的情况下，她没让孙女和孙子失学，把他们抚养成人。总之，一句话，如果没有老祖，我们的家早就完了。我回到家里来也恐怕只能看到一座空房，妻离子散，叔父归天。

我自认还不是一个浑人。我极重感情，决不忘恩。老祖的所作所为，我看到眼里，记在心中。回北平以后，给她写了一封长信，称她为“老季家的功臣”。听说，她很高兴，见了自己的娘家人，详细通报。从此，她再也不斜着眼睛看我了，我们两人之间的关系十分融洽，互相尊重。我们全家都尊敬她，热爱她，“老祖”这一个朴素简明的称号，就能代表我们全家人的心。

叔父去世以后，老祖同我的妻子彭德华从济南迁来北京。我们一起生活了将近三十年，从没有半点龃龉，总是你尊我敬。自从我六岁到济南以后，六七十年来，我们家从来没有吵过架，这是极为难得的。我看进入吉尼斯世界纪录，也不为过。老祖到我们家以后，我们能这样和睦，主要归功于她和德华两人，我在其中起的作用，微乎其微。以八十多的高龄，老祖身体健康，精神愉快，操持家务，全都靠她。我们只请了做小时工的保姆。老祖天天背着一个大黑布包，出去采买食品菜蔬，成为朗润园的美谈。老祖是非常满意的，告诉自己的娘家人说：“这一家子都是很孝顺的。”可见她晚年心情之一斑。我个人也是非常满意的，我安享了二三十年的清福。老祖以九十岁的高龄离开人世。我想她是含笑离开的。

老祖永远活在我的记忆里。

我的妻子

我在上面说过：德华不应该属于“寸草心”的范畴。她借了光。人世间借光的事情也是常有的。

我因为是季家的独根独苗，身上负有传宗接代的重大任务，所以十八岁就结了婚。父母之命，媒妁之言，自不在话下。德华长我四岁。对我们家来说，她真正做到了“毫不利己，专门利人”，一辈子勤勤恳恳，有时候还要含辛茹苦。上有公婆，下有稚子幼女，丈夫十几年不在家。公公又极难侍候，家里又穷，经济朝不保夕。在这些年，她究竟受了多少苦，她只是偶尔对我流露一点，我实在说不清楚。

德华天资不是太高，只念过小学，大概能认千八百字。当我念小学的时候，我曾偷偷地看过许多旧小说，什么《西游记》《封神演义》《彭公案》《施公案》《济公传》《七侠五义》《小五义》等等都看过。当时这些书对我来说是“禁书”，叔叔称之为“闲书”。看“闲书”是大罪状，是绝对不允许的。但是，不但我，连叔父的女儿秋妹都偷偷地看过不少。她把小说中常见的词儿

“飞檐走壁”念成“飞腾走壁”，一时传为笑柄。可是，德华一辈子也没有看过任何一部小说，别的书更谈不上了。她没有给我写过一封信，她根本拿不起笔来。到了晚年，连早年能认的千八百字也都大半还给了老师，剩下的不太多了。因此，她对我一辈子搞的这一套玩意儿根本不知道是什么东西，有什么意义。她似乎从来也没有想知道过。在这方面，我们俩毫无共同的语言。

在文化方面，她就是这个样子。然而，在道德方面，她却是超一流的。上对公婆，她真正尽上了孝道；下对子女，她真正做到了慈母应做的一切；中对丈夫，她绝对忠诚，绝对服从，绝对爱护。她是一个极为难得的孝顺媳妇，贤妻良母。她对待任何人都是忠厚诚恳，从来没有说过半句闲话。她不会撒谎，我敢保证，她一辈子没有说过半句谎话。如果中国将来要修“二十几史”，而其中又有什么“妇女列传”或“闺秀列传”的话，她应该榜上有名。

1962年，老祖同德华从济南搬到北京来，我过单身汉生活数十年，现在总算是有了一个家。这也是德华一生的黄金时期，也是我一生最幸福的时候。我们家里和睦相处，你尊我让，从来没有吵过嘴。有时候家人朋友团聚，食前方丈，杯盘满桌，烹饪往往由她们二人主厨。饭菜上桌，众人狼吞虎咽，她们俩却往往是坐在一旁，笑眯眯地看着我们吃，脸上流露出极为怡悦的表情。对这样的家庭，一切赞誉之词都是无用的，都会黯然失色的。

我活到了八十多，参透了人生真谛。人生无常，无法抗御。

我在极端的快乐中，往往心头闪过一丝暗影：天下无不散的筵席。我们家这一出十分美满的戏，早晚会有煞戏的时候。果然，老祖先走了，去年德华又走了。她也已活到超过米寿，她可以瞑目了。德华永远活在我的记忆里。

一个老知识分子的心声

按我出生的环境，我本应该终生成为一个贫农。但是造化小儿却偏偏要播弄我，把我播弄成了一个知识分子。从小知识分子把我播弄成一个中年知识分子；又从中年知识分子把我播弄成一个老知识分子。现在我已经到了望九之年，耳虽不太聪，目虽不太明，但毕竟还是“难得糊涂”，仍然能写能读，焚膏继晷，兀兀穷年，仿佛有什么力量在背后鞭策着自己，欲罢不能。眼前有时闪出一个长队的影子，是北大教授按年龄顺序排成了的。我还没有站在最前面，前面还有将近二十来个人。这个长队缓慢地向前迈进，目的地是八宝山。时不时地有人“捷足先登”，登的不是泰山，而就是这八宝山。我暗暗下定决心：决不抢先加塞，我要鱼贯而进。什么时候鱼贯到我面前，我就要含笑挥手，向人间说一声“拜拜”了。

干知识分子这个行当是并不轻松的，在过去七八十年中，我尝够酸甜苦辣，经历够了喜怒哀乐，走过了阳关大道，也走过了独木小桥。有时候，光风霁月，有时候，阴霾蔽天。有时候，峰回路转，有时候，柳暗花明。金榜上也曾题过名，春风也曾得过意，说不高兴是假话。但是，一转瞬间，就交了华盖运，四处碰壁，五内如焚。原因何在呢？古人说：“人生识字忧患始。”这实在是见道之言。“识字”，当然就是知识分子了。一戴上这顶帽子，“忧患”就开始向你奔来。是不是杜甫的诗“儒冠多误身”？“儒”，当然就是知识分子了，一戴上儒冠就倒霉。我只举这两个小例子，就可以知道，中国古代的知识分子们早就对自己这一行腻味了。“诗必穷而后工”，连作诗都必须先“穷”。“穷”并不是一定指的是没有钱，主要指的也是倒霉。不倒霉就作不出好诗，没有切身经历和宏观观察，能说得出这样的话吗？司马迁《太史公自序》说：“昔西伯拘羑里，演《周易》；孔子厄陈蔡，作《春秋》；屈原放逐，著《离骚》；左丘失明，厥有《国语》；孙子膑脚，而论《兵法》；不韦迁蜀，世传《吕览》；韩非囚秦，《说难》《孤愤》；《诗》三百篇，大抵圣贤发愤之所为作也。”司马迁算了一笔清楚的账。

世界各国应该都有知识分子。但是，根据我七八十年的观察与思考，我觉得，既然同为知识分子，必有其共同之处，有知识，承担延续各自国家的文化的重任，至少这两点必然是共同的。但是不同之处却是多而突出。别的国家先不谈，我先谈一谈中国历代的知识分子，中国有五六千年或者更长的文化史，也就有五六千年的知识分子。我的总印象是：中国知识分子是一种很奇怪的群体，是造化小儿加心加意创造出来的一种“稀有动物”。虽然“十年浩劫”中，他们被批为“一心只读圣贤书”的“修正主义”分子，这实际上是冤枉的。这样的人不能说没有，但是，主流却正相反。几千年的历史可以证明，中国知识分子最关心时事，最关心政治，最爱国。这最后一点，是由中国历史环境所造成的。在中国历史上，没有哪一天没有虎视眈眈伺机入侵的外敌。历史上许多赫然有名的皇帝，都曾受到外敌的欺侮。老百姓更不必说了。存在决定意识，反映到知识分子头脑中，就形成了根深蒂固的爱国心。“天下兴亡，匹夫有责”，不管这句话的原形是什么样子，反正它痛快淋漓地表达了中国知识分子的心声。在别的国家是没有这种情况的。

然而，中国知识分子也是极难对付的家伙。他们的感情特别细腻、锐敏、脆弱、隐晦。他们学富五车，胸罗万象。有的或有时自高自大，自以为“老子天下第一”；有的或有时却又患了弗洛伊德（？）讲的那一种“自卑情结”（inferiority complex）。他们一方面吹嘘想“究天人之际，通古今之变”，气魄贯长虹，浩气盈宇宙；有时却又为芝麻绿豆大的一点小事而长吁短叹，甚至轻生，“自绝于人民”。关键问题，依我看，就是中国特有的“国粹”——面子问题。“面子”这个词儿，外国文没法翻译，可见是中国独有的。俗话里许多话都与此有关，比如“丢脸”“真不要脸”“赏脸”，如此等等。“脸”者，面子也。中国知识分子是中国“国粹”“面子”的主要卫道士。

尽管极难对付，然而中国历代统治者哪一个也不得不来对付。古代一个皇帝说：“马上得天下，不能马上治之！”真是一针见血。创业的皇帝决不会是知识分子，只有像刘邦、朱元璋等这样一字不识的，不顾身家性命，“厚”而且“黑”的，胆子最大的地痞流氓才能成为开国的“英主”。否则，都是磕头的把兄弟，为什么单单推他当头儿？可是，一旦创业成功，坐上金銮宝殿，这时候就用得着知识分子来帮他们治理国家。不用说国家大事，连定朝仪这样的小事，刘邦还不得不求助于知识分子叔孙通。朝仪一定，朝廷井然有序，共同起义的那一群铁哥儿们，个个服服帖帖，跪拜如仪，让刘邦“龙心大悦”，真正尝到了当皇帝的滋味。

同面子表面上无关实则有关的另一个问题，是中国知识分子的处世问题，也就是隐居或出仕的问题。中国知识分子很多都标榜自己无意为官，而实则正相反。一个最有典型意义又众所周知的例子就是“大名垂宇宙”的诸葛亮。他高卧隆中，看来是在隐居，实则他最关心天下大事，他的“信息源”看来是非常多的。否则，在当时既无电话、电报，甚至连写信都十分困难的情况下，他怎么能对天下大势了如指掌，因而写出了有名的《隆中对》呢？他经世之心昭然在人耳目，然而却偏偏让刘先主三顾茅庐然后才出山“鞠躬尽瘁”。这不是面子又是什么呢？

我还想进一步谈一谈中国知识分子的一个非常古怪、很难以理解又似乎很容易理解的特点。中国古代知识分子贫穷落魄的多。有诗为证：“文章憎命达。”文章写得好，命运就不亨通，命运亨通的人，文章就写不好。那些靠文章中状元、当宰相的人，毕竟是极少数。而且中国文学史上根本就没有哪一个伟大文学家中过状元。《儒林外史》是专写知识分子的小说，吴敬梓真把穷苦潦倒的知识分子写活了。没有中举前的周进和范进等的形象，真是入木三分，至今还栩栩如生。中国历史上一批穷困的知识分子，贫无立锥之地，决不会有面团团的富家翁相。中国诗文和老百姓嘴中有很多形容贫而瘦的穷人的话，什么“瘦骨嶙峋”，什么“骨瘦如柴”，又是什么“瘦得皮包骨头”，等等，都与骨头有关。这一批人一无所有，最值钱的仅存的“财产”

就是他们这一身瘦骨头。这是他们人生中最后的一点“赌注”，轻易不能押上的，押上一输，他们也就“涅槃”了。然而他们却偏偏喜欢拼命，喜欢拼这一身瘦老骨头。他们称这个为“骨气”。同“面子”一样，“骨气”这个词儿也是无法译成外文的，是中国的国粹。要举实际例子的话，那就可以举出很多来。《三国演义》中的祢衡，就是这样一个人，结果被曹操假手黄祖给砍掉了脑袋瓜。近代有一个章太炎，胸佩大勋章，赤足站在新华门外大骂袁世凯，袁世凯不敢动他一根毫毛，只好钦赠美名“章疯子”，聊以挽回自己的一点面子。

中国这些知识分子，脾气往往极大。他们又仗着“骨气”这个法宝，敢于直言不讳。一见不顺眼的事，就发为文章，呼天叫地，痛哭流涕，大呼什么“人心不古，世道日非”，又是什么“黄钟毁弃，瓦釜雷鸣”。这种例子，俯拾即是。他们根本不给当政的最高统治者留一点面子，有时候甚至让他们下不了台。须知面子是古代最高统治者皇帝们的命根子，是他们的统治和尊严的最高保障。因此，我就产生了一个大胆的“理论”：一部中国古代政治史至少其中一部分就是最高统治者皇帝和大小知识分子互相利用又互相斗争，互相对付和应付，又有大棒，又有胡萝卜，间或甚至有剥皮凌迟的历史。

在外国知识分子中，只有印度的同中国的有可比性。印度共有四大种姓，为首的是婆罗门。在印度古代，文化知识就掌握在他们手里，这个最高种姓实际上也是他们自封的。他们是地地道道的知识分子，在社会上受到普遍的尊敬。然而却有一件天大的怪事，实在出人意料。在社会上，特别是在印度古典戏剧中，少数婆罗门却受到极端的嘲弄和污蔑，被安排成剧中的丑角。在印度古典剧中，语言是有阶级性的。梵文只允许国王、帝师（当然都是婆罗门）和其他高级男士们说，妇女等低级人物只能说俗语。可是，每个剧中都必不可缺少的丑角也竟是婆罗门，他们插科打诨，出尽洋相，他们只准说俗语，不许说梵文。在其他方面也有很多嘲笑婆罗门的地方。这有点像中国古代嘲笑“腐儒”的做法。《儒林外史》中就不缺少嘲笑“腐儒”——也就是落魄的知识分子——的地方。鲁迅笔下的孔乙己也是这种人物。为什么中印同出现这个现象呢？这实在是一个有趣的研究课题。

我在上面写了我对中国历史上知识分子的看法。本文的主要目的就是写历史，连鉴往知今一类的想法我都没有。倘若有人要问：“现在怎样呢？”因为现在还没有变成历史，不在我写作范围之内，所以我不答复，如果有人愿意去推论，那是他们的事，与我无干。

最后我还想再郑重强调一下：中国知识分子有源远流长的爱国主义传统，是世界上哪一个国家也不能望其项背的。尽管眼下似乎有一点背离这个传统的倾向，例证就是苦心孤诣、千方百计地想出国，有的甚至归化为“老外”，永留不归。我自己对这个问题的看法是：这只能是暂时的现象，久则必变。就连留在外国的人，甚至归化了的人，他们依然是“身在曹营心在汉”，依然要寻根，依然爱自己的祖国。何况出去又回来的人渐渐多了起来呢？我们对这种人千万不要“另眼相看”，当然也大可不必“刮目相看”。只要我们国家的事情办好了，情况会大大地改变的。至于没有出国也不想出国的知识分子占绝对的多数。如果说他们对眼前的一切都很满意，那不是真话。但是爱国主义在他们心灵深处已经生了根，什么力量也拔不掉的。甚至泰山崩于前，迅雷震于顶，他们会依然热爱我们这伟大的祖国。这一点我完全可以保证。只举一个众所周知的例子，就足够了。如果不爱自己的祖国，巴老为什么以老迈龙钟之身，呕心沥血来写《随想录》呢？对广大的中国老、中、青知识分子来说，我想借用一句曾一度流行的，我似非懂又似懂得的话：爱国没商量。

我生平优点不多，但自谓爱国不敢后人，即使把我烧成了灰，每一粒灰也还是爱国的。可是我对于当知识分子这个行当却真有点谈虎色变。我从来不相信什么轮回转生。现在，如果让我信一回的话，我就恭肃虔诚祷祝造化小儿，下一辈子无论如何也别再播弄我，千万别再把我弄成知识分子。

百年回眸

我们眼前正处在一个“世纪末”，甚至“千纪末”中。所谓“世纪”是人为地制造成的。如果没有耶稣，哪里来的什么公元；如果没有公元，又哪里来的什么世纪。这种人工制成的东西，不像年、月、日、时，春、夏、秋、冬这些大自然形成的东西，有其产生的必然性，对人类和世界万物有其必然的影响。这是一个十分浅显的道理，一想就能明白的。

可是人造的世纪，偏偏又回过头来对人类的思想和行动产生影响。19 世纪的“世纪末”中，欧洲思想界、文学艺术界所发生的颇为巨大的变动，是人所共知的。然而，迄今却还没有得到合情合理的解释。

现在一个新的“世纪末”又来到了我们身边。在这个 20 世纪的“世纪末”中，全球政治方面的剧烈变动，实在令人有石破天惊之感。在哲学思想、文艺理论等方面的变动，也十分惊人。今天一个“主义”，明天一个“主义”，令人目不暇接，而所谓“信息爆炸”，更搅得天下不安。这些都是事实，至于它们与“世纪末”有否必然的联系，则是说不清楚的一个问题。

也有能完全说得清楚的就是，眼下全世界各国政府，以及一切懂得世纪和世纪末的意义的人士，无不纷纷回顾，回顾即将过去的 20 世纪，又纷纷瞻望，瞻望即将来临的 21 世纪。学术界也在忙着总结20世纪的成绩，预想下一个世纪的前景。几乎人人都在犯着神秘莫测的世纪病。

有人称我为“世纪老人”，我既感光荣，又感惶恐，因为，我自己还欠一把火，我只在20世纪生活了89年，还差11年才够得上一个世纪。但是，退一步想，我毕竟经历了一个世纪的百分之九十，虽不中，不远矣。回忆一个世纪的经历，我还算是有点资格的。因此，我不揣冒昧，就来一个“世纪回眸”，谈一谈我在过去一个世纪中的亲身感受。

我一向有一个看法，我觉得，每一个人的一生都是一场拼搏。人的降生，都是被动的，并非出于个人愿望。既然来到人间，就必须活下去。然而，活下去却并不容易，包括旧时代的皇帝在内，馅饼并不从天上自动掉到你的嘴里来，你必须去拼搏。这是一个人生存的首要任务。我从1911年起，就拼搏着前进，有时走阳关大道，有时走独木小桥，有时风和日丽，有时阴霾蔽天，拼呀拼，一直拼到今天，总算还活着，我的同龄人有的已经离开了这个世界。我现在的情况可以拿一句旧诗来形象地描绘出来：“删繁就简三秋树。”我这一个叶片身边老叶片不多了，怎能没有凄清寂寞之感呢？

再谈这一百年来我亲身经历的世界大事和国家大事。我经历过清朝帝国，虽然只有两个多月，毕竟还得算是清朝“遗小”。我经历过辛亥革命，经历过洪宪称帝，经历过军阀混战，经历过国民党统治，经历过日寇入侵，经历过抗日战争，其间我在欧洲住过十年，亲身经历了二战，又经历过解放战争，经历过中华人民共和国的建立。建立以后，眼前虽然有了希望了，然而又今天斗，明天斗，这次我斗你，下次你斗我，搅得知识分子如我者，天天胆战心惊，如履薄冰，斗到了1966年，终于斗进了牛棚。改革开放以后，松了一口气，然而人已垂垂老矣。

从世界范围内来看，西方工业革命以后，科技的发展给全世界人民带来极大的福利，无远弗届。这我们决不会忘记。然而跟着来的却是无穷无尽的灾害和弊端，举其荦荦大者，如环境污染，空气污染，生态平衡破坏，臭氧层出洞，人口爆炸，新疾病产生，淡水资源匮乏，如此等等，不一而足。上面列举的弊端，都与工业生产有紧密联系，哪一个弊端不消除，也能影响人类生存的前途。现在，有识之士，奔走惊呼，各国政府也在努力设立专门机构，企图解决这些问题。“天之骄子”的人类何去何从？实在成了“世纪末”的一大问题。

再说到我自己。我从1911年就努力拼搏，拼搏了一生，好像是爬泰山南天门。我不想“会当凌绝顶，一览众山小”。我只是不得不爬而已。有如鲁迅《野草》中的那一位“过客”，只有努力向前。我想起了两句旧诗：“马后桃花马前雪，教人哪得不回头？”我想把这诗改为：“马前桃花马后雪，教人哪得肯回头？”我的“马前”当然指的是21世纪，“马后”就是即将过去的20世纪。“马后雪”，是可以肯定的。“马前桃花”，却只是我的希望。我真是万分虔诚地期望着，21世纪将会是桃花开满了普天之下，绚丽芬芳，香气直冲牛斗。

忆念荷姐

如果统领宇宙的造物主愿意展示他那宏大无比的法力的话，愿他让我那在济南的荷姐仍然活着，她只比我大两岁。

最近一个时期以来，经常想到荷姐。一转眼，她的面影就在我眼前晃动，莞尔而笑。在仪态上，她虽然比不了自己的胞姐小姐姐的花容月貌，但是光艳动人，她还是当之无愧的。

话头一开，就要回到七八十年前去。当时我们家同荷姐家同住一个大院，她住后院，我们住前院。我当时是一个十七八岁的毛头小伙子，语不惊人，貌不逮众，寄人篱下，宛如一只小癞蛤蟆，没有几个人愿意同我交谈的。只有两个人算是例外。一个是小姐姐，一个就是荷姐。这一件事我永远不会忘记。

到了1929年，我十八岁了。叔父母为了传宗接代，忙活着给我找个媳妇。谈到媳妇，我有我的选择。我的第一选择对象就是荷姐。她是一个难得的好媳妇：漂亮、聪明、伶俐、温柔。但是，西湖月老祠对联的原一联是：是前生注定事莫错过姻缘。我同荷姐的事情大概是前生没有注定，终于错过了姻缘。

1935年，我以交换研究生的名义赴德国留学，时间原定只有两年。但是，1937年，日寇发动了全面对华侵略战争，我无法回国。1939年，二次世界大战爆发，我有国难归，一住就是十年。幸蒙哈隆教授（Gustav Haloun）垂青，任命我为汉学讲师，避免成为饿殍。我是一个闲不住的人。我借这个机会，学习了梵文、巴利文、吐火罗文，于1941年获得哲学博士学位。主系是印度学，两个副系，一个是斯拉夫语言学，一个是英国语言学。博士拿到手，我仍然毫不懈怠，开电灯以继晷，恒兀兀以穷年，结果写成了几篇论文，颇有一些新见解、新发现。论文都是用德文写成的。其中一篇讲语尾am变为u或o的问题，是一篇颇有意义的文章。Sieg教授一看，大为欣赏，立即送哥廷根科学院院刊发表。一个外国青年学者在科学院院刊上发表文章，是一件非同小可的事情。

1945年秋天，我离开了德国到瑞士去，在那里参加了庆祝国庆的盛会，对中国（那时是国民党）外交官有了初步的感性认识。

1946年，我离开瑞士，乘运载法国兵的英国巨轮，到了越南西贡，在那里住了几个月。又乘轮出发，经香港到了上海。出国十年，现在一旦回到祖国母亲的怀抱里，心中激动万分，很想跪下亲吻土地。但是，一想到国内官僚正在乘日寇高官撤走，国内大汉奸纷纷被镇压之际大耍五子登科的把戏，我立即气馁，心虚，不想采取什么行动了。

这一年的夏天，我一半住在上海，一半住在南京。在上海，晚上就睡在克家的榻榻米上。在南京，晚上就睡在长之在国内编译馆的办公桌上。实际上是过着流浪的生活，心情极不稳定，切盼自己有朝一日能有自己的一间小房。

这年秋天，我从上海乘轮船到达秦皇岛。下船登车，直抵北京。当时烽火遍地。这一段铁路由美国兵把守，能得畅通。

我离故都已经十年。这一次老友重逢，丝毫没有欢欣鼓舞的感觉。正相反，节令正值深秋，秋水吹昆明（湖），落叶满长安（街），一片荒寒肃杀之气。古文“悲哉，秋之为气也”，差能表达我的心情于万一。

我被安排到五四时期名建筑红楼上去住。红楼早已过了自己辉煌的童年、青年和壮年，现在已经是一位耄耋老翁了。它当然是一个无生命的东西。然而，在我的心目中，它却是活的东西。静心观万物，冷眼看世界，积累了大量的智慧和见识，我住在里面，仿佛都能享受一份。甚可乐也。可是，还有另外一方面的情况。此时，四层大楼一百多间房子，只住着包括我在内的四五个人。走廊上路灯昏黄，电灯只开了几盏。一想到楼下地下室日寇占领期间是日本宪兵队刑讯中国革命者的地方，也是他们杀人的地方。据说，到现在还能听到鬼叫。我居德国十年，心中鬼神的概念已经荡然无存。即使是这样，我现在住在这一座空荡荡的大楼里，只感到鬼影幢幢，鬼气森森，我不禁毛发直竖。

第二天，我去见汤用彤先生。由陈寅恪先生推荐，汤用彤先生接受，我受聘为北京大学教授。这次去见汤先生，由代校长傅斯年陪伴。校长胡适正在美国。在路上，傅斯年先生一个劲地给我做思想工作。说在国外获得博士学位以后，回国到北大都必须先当两年的副教授，然后才能转为正教授。这是多年的规定，不允许有例外。我洗耳恭听，一言不发。见到汤先生以后，他明确无误地告诉我：聘我为北京大学正教授，先做一个礼拜的副教授，表示并不是无端跳过了这一个必经的阶段。我当然感激之至。这是我在六十年前进入北大时的一段佳话。

这一年和下一年——1947 年，我都在北大教书。一直到 1948 年，我才得到一个机会，搭乘飞机，飞回济南。我已经离家十三年了。这一次回来，也可以说是一享家人父子之乐吧。

荷姐当然见到了。她漂亮如故，调皮有加。一见我，先是高声呼叫“季大博士”。这我并不奇怪，我们从小互相开玩笑惯了。但是，她接着左一个“季大博士”，右一个“季大博士”，说个不停，这就引起了我的疑心。我悚然听之，我猛然发现，在她的内心深处蕴藏着一点凄凉，一点寂寞，一点幽怨，还有一点悔不当初。一谈到悔不当初，我就必须说，这是我们自己酿成的一杯苦酒，必须由我们自己来品尝。在这里，主要当事人是荷姐本人，我一点责任都没有。

从此以后，就同荷姐失去了联系，到现在已经快六十年了。其间，我曾由李玉洁陪伴回济南一次，目的是参加山大校庆。来去匆匆，没有时间去探寻荷姐的行踪。到了今天，又已经过去了几年。看来，要想见到荷姐，只有梦中团圆了。

我的中学时代

一　初中时期

我幼无大志，自谓不过是一只燕雀，不敢怀“鸿鹄之志”。小学毕业时是1923年，我12岁。当时山东省立第一中学赫赫有名，为众人所艳羡追逐的地方，我连报名的勇气都没有，只敢报考正谊中学，这所学校绰号不佳:“破正谊”，与“烂育英”相映成双。

可这个“破”学校入学考试居然敢考英文，我“瞎猫碰上了死耗子”，居然把英文考卷答得颇好，因此，我被录取为不是一年级新生，而是一年半级，只需念两年半初中即可毕业。

破正谊确实有点“破”，首先是教员水平不高。有一个教生物的教员把“玫瑰”读为jiu kuai，可见一斑。但也并非全破。校长鞠思敏先生是山东教育界的老前辈，人品道德，有口皆碑，民族气节，远近传扬。他生活极为俭朴，布衣粗食，不改其乐。他立下了一条规定:每周一早晨上课前，召集全校学生，集合在操场上，听他讲话。他讲的都是为人处世、爱国爱乡的大道理，从不间断。我认为，在潜移默化中对学生会有良好的影响。

教员也不全是 jiu kuai 先生，其中也间有饱学之士。有一个姓杜的国文教员，年纪相当老了。由于肚子特大，同学们送他一个绰号“杜大肚子”，名字反隐而不彰了。他很有学问，对古文，甚至“选学”都有很深的造诣。我曾胆大妄为，写过一篇类似骈体文的作文。他用端正的蝇头小楷，把作文改了一遍，给的批语是:“欲作花样文章，非多记古典不可。”可怜我当时只有十三四岁，读书不多，腹笥瘠薄，哪里记得多少古典!

另外有一位英文教员，名叫郑又桥，是江浙一带的人，英文水平极高。他改学生的英文作文，往往不是根据学生的文章修改，而是自己另写一篇。这情况只出现在英文水平高的学生作文簿中。他的用意大概是想给他们以简练揣摩的机会，以提高他们的水平，用心亦良苦矣。英文读本水平不低，大半是《天方夜谭》《莎氏乐府本事》《泰西五十轶事》《纳氏文法》等等。

我从小学到初中，不是一个勤奋用功的学生，考试从来没有得过甲等第一名，大概都是在甲等第三四名或乙等第一二名之间。我也根本没有独占鳌头的欲望。到了正谊以后，此地的环境更给我提供了最佳游乐的场所。校址在大明湖南岸，校内清溪流贯，绿杨垂荫。校后就是“四面荷花三面柳，一城山色半城湖”的“湖”。岸边荷塘星罗棋布，芦苇青翠茂密，水中多鱼虾、青蛙，正是我戏乐的天堂。我家住南城，中午不回家吃饭，家里穷，每天只给铜元数枚，作午餐费。我以一个铜板买锅饼一块，一个铜板买一碗炸丸子或豆腐脑，站在担旁，仓猝食之，然后飞奔到校后湖滨去钓虾，钓青蛙。虾是齐白石笔下的那一种，有两个长夹，但虾是水族的蠢材，我只需用苇秆挑逗，虾就张开一只夹，把苇秆夹住，任升提出水面，决不放松。钓青蛙也极容易，只需把做衣服用的针敲弯，抓一只苍蝇，穿在上面，向着蹲坐在荷叶上的青蛙来回抖动，青蛙食性一起，跳起来猛吞针上的苍蝇，立即被我生擒活捉。我沉湎于这种游戏，其乐融融。至于考个甲等、乙等，则于我如浮云，“管他娘”了。

但是，叔父对我的要求却是很严格的。正谊有一位教高年级国文的教员，叫徐（或许）什么斋，对古文很有造诣。他在课余办了一个讲习班，专讲《左传》《战国策》《史记》一类的古籍，每月收几块钱的学费，学习时间是在下午 4 点下课以后。叔父要我也报了名。每天正课完毕以后，再上一两个小时的课，学习上面说的那一些古代典籍。现在已经记不清楚，究竟学习了多长的时间，好像时间不是太长。有多少收获，也说不清楚了。

当时，济南有一位颇有名气的冯鹏展先生，老家广东，流寓北方。英文水平很高，白天在几个中学里教英文，晚上在自己创办的尚实英文学社授课。他住在按察司街南口一座两进院的大房子里，学社就设在前院几间屋子里，另外还请了两位教员，一位是陈鹤巢先生，一位是纽威如先生，白天都有工作，晚上 7—9 时来学社上课。当时正流行 diagram（图解）式的英文教学法，我们学习英文也使用这种方法，觉得颇为新鲜。学社每月收学费大洋三元，学生有几十人之多。我大概在这里学习了两三年，收获相信是有的。

就这样，虽然我自己在学习上并不勤奋，然而，为环境所迫，反正是够忙的。每天从正谊回到家中，匆匆吃过晚饭，又赶回城里学英文。当时只有十三四岁，精力旺盛到超过需要。在一天奔波之余，每天晚 9 点下课后，还不赶紧回家，而是在灯火通明的十里长街上，看看商店的橱窗，慢腾腾地走回家。虽然囊中无钱，看了琳琅满目的商品，也能过一过“眼瘾”，饱一饱眼福。

叔父显然认为，这样对我的学习压力还不够大，必须再加点码。他亲自为我选了一些篇古文，讲宋明理学的居多，亲手用毛笔正楷抄成一本书，名之曰《课侄选文》，有空闲时，亲口给我讲授，他坐，我站，一站就是一两个小时。要说我真感兴趣，那是谎话。这些文章对我来说，远远比不上叔父称之为“闲书”的那一批《彭公案》《济公传》等等有趣。我往往躲在被窝里用手电筒来偷看这些书。

我在正谊中学读了两年半书就毕业了。在这一段时间内，我懵懵懂懂，模模糊糊，在明白与不明白之间；主观上并不勤奋，客观上又非勤奋不可；从来不想争上游，实际上却从未沦为下游。最后离开了我的大虾和青蛙，我毕业了。

我告别了我青少年时期的一个颇为值得怀念的阶段，更上一层楼，走上了人生的一个新阶段。当年我 15 岁，时间是 1926 年。

二　高中时代

初中读了两年半，毕业正在春季。没有办法，我只能就近读正谊高中。年级变了，上课的地址没有变，仍然在山（假山也）奇水秀的大明湖畔。

这一年夏天，山东大学附设高级中学成立了。山东大学是山东省的最高学府，校长是有名的前清状元山东教育厅长王寿彭，以书法名全省。因为状元是“稀有品种”，所以他颇受到一般人的崇敬。

附设高中一建立，因为这是一块金招牌，立即名扬齐鲁。我此时似乎也有了一点雄心壮志，不再像以前那样畏畏缩缩，经过了一番考虑，立即决定舍正谊而取山大高中。

山大高中是文理科分校的，文科校址选在北园白鹤庄。此地遍布荷塘，春夏之时，风光秀丽旖旎，绿柳迎地，红荷映天，山影迷离，湖光潋滟，蛙鸣塘内，蝉噪树颠。我的叔父曾有一首诗，赞美北园：“杨花落尽菜花香，嫩柳扶疏傍寒塘。蛙鼓声声向人语，此间即是避秦乡。”可见他对北园的感受。我在这里还验证了一件小而有趣的事。有人说，离开此处有几十里的千佛山，倒影能在湖中看到。有人说这是海外奇谈。可是我亲眼在校南的荷塘水面上清晰地看到佛山的倒影，足证此言不虚。

这所新高中在大名之下，是名副其实的。首先是教员队伍可以说是极一时之选，所有的老师几乎都是山东中学界赫赫有名的人物。国文教员王崑玉先生家学渊源，学有素养，文宗桐城派，著有文集，后为青岛大学教师。英文教员是北大毕业的刘老师，英文很好，是一中的教员。教数学的是王老师，也是一中的名教员。教史地的是祁蕴璞先生，一中教员，好学不倦，经常从日本购买新书，像他那样熟悉世界学术情况的人，恐怕他是唯一的一个。教伦理学的是上面提到的正谊的校长鞠思敏先生。教逻辑的是一中校长完颜祥卿先生。此外还有两位教经学的老师，一位是前清翰林或进士，由于年迈，有孙子伴住，姓名都记不清了。另一位姓名也记不清，因为他忠于清代，开口就说“我们大清国如何如何”，所以学生就管他叫“大清国”。两位老师教《诗经》《书经》等书，上课从来不带任何书，四书、五经，本文加注，都背得滚瓜烂熟。

中小学生都爱给老师起绰号，并没有什么恶意，此事恐怕古今皆然，南北不异。上面提到的“大清国”，只是其中之一。我们有一位“监学”，可能相当于后来的训育主任，他经常住在学校，权力似乎极大，但人缘却并不佳。因为他秃头无发，学生们背后叫他“刘秃蛋”。那位姓刘的英文教员，学生还是很喜欢他的，只因他人长得过于矮小，学生们送给他了一个非常刺耳的绰号，叫作“× 豆”，× 代表一个我无法写出的字。

建校第一年，招了五班学生，三年级一个班，二年级一个班，一年级三个班，总共不到二百人。因为学校离城太远，学生全部住校。伙食由学生自己招商操办，负责人选举产生。因为要同奸商斗争，负责人的精明能干就成了重要的条件。奸商有时候夜里偷肉，负责人必须夜里巡逻，辛苦可知。遇到这样的负责人，伙食质量立即显著提高，他就能得到全体同学的拥护，从而连续当选，学习必然会受到影响。

学校风气是比较好的，学生质量是比较高的，学生学习是努力的。因为只有男生，不收女生，因此免掉很多麻烦，没有什么“绯闻”一类的流言。“刘秃蛋”人望不高，虽然不学，但却有术，统治学生，胡萝卜与大棒并举，拉拢与表扬齐发。除了我们三班因细故“架”走了一个外省来的英文教员以外，再也没有发生什么风波。此地处万绿丛中，远挹佛山之灵气，近染荷塘之秀丽，地灵人杰，颇出了一些学习优良的学生。

至于我自己，上面已经谈到过，在心中有了一点“小志”，大概是因为入学考试分数高，所以一入学我就被学监指定为三班班长。在教室里，我的座位是第一排左数第一张桌子，标志着与众不同。论学习成绩，因为我对国文和英文都有点基础，别人无法同我比。别的课想得高分并不难，只要在考前背熟课文就行了。国文和英文，则必须学有素养，临阵磨枪，临时抱佛脚，是不行的。在国文班上，王崑玉老师出的第一次作文题是“读《徐文长传》书后”，我不意竟得了全班第一名，老师的评语是“亦简劲，亦畅达”。此事颇出我意外。至于英文，由于我在上面谈到的情况，我独霸全班，被尊为“英文大家”（学生戏译为 great home）。第一学期，我考了个甲等第一名。这是我生平第一次荣登这个宝座，虽然并非什么意外之事，我却有点沾沾自喜。

可事情还没有完。王状元不知从哪里得来的灵感，他规定：凡是甲等第一名平均成绩在 95 分以上者，他要额外褒奖。全校五个班当然有五个甲等第一，但是，平均分数超过 95 分者，却只有我一个人，我的平均分数是 97 分。于是状元公亲书一副对联，另外还写了一个扇面，称我为“羡林老弟”，这实在是让我受宠若惊。对联已经佚失，只有扇面还保存下来。

虚荣之心，人皆有之；我独何人，敢有例外。于是我真正立下了“大志”，决不能从宝座上滚下来，那样面子太难看了。我买了韩、柳、欧、苏的文集，苦读不辍。又节省下来仅有的一点零用钱，远至日本丸善书店，用“代金引换”的办法，去购买英文原版书，也是攻读不辍。结果是“皇天不负有心人”，两年四次考试，我考了四个甲等第一，大大地满足了自己的虚荣心。我不愿意说谎话，我决不是什么英雄，“怀有大志”。我从来没有过“大丈夫当如是也”一类的大话，我是一个十分平庸的人。

时间到了 1928 年，应该上三年级了。但是日寇在济南制造了“五三惨案”，杀了中国的外交官蔡公时，派兵占领了济南。学校停办，外地的教员和学生，纷纷逃离。我住在济南，只好留下，当了一年的准亡国奴。

第二年，1929 年，奉系的土匪军阀早就滚蛋，来的是西北军和国民党的新式军阀。王老状元不知哪里去了。教育厅长换了新派人物，建立了全省唯一的一所高中——山东省立济南高中，表面上颇有“换了人间”之感，四书、五经都不念了，写作文也改用了白话。教员阵容仍然很强，但是原有的老教员多已不见，而是换了一批外省的，主要是从上海来的教员，国文教员尤其突出。也许是因为学校规模大了，我对全校教员不像北园时代那样如数家珍，个个都认识。现在则是迷离模糊，说不清张三李四了。

因为我已经读了两年，一入学就是三年级。任课教员当然也不会少的，但是，奇怪的是英文、数学、历史、地理等课的教员的姓名我全忘了，能记住的都是国文教员。这些人大都是当时颇有名气的作家，什么胡也频先生、董秋芳（冬芬）先生、夏莱蒂先生、董每戡先生等等。我对他们都很尊重，尽管有的先生没有教过我。

初入学时，国文教员是胡也频先生。他根本很少讲国文，几乎每一堂课都在黑板上写上两句话：什么是“现代文艺”？“现代文艺”的使命是什么？“现代文艺”，当时叫“普罗文学”，现代称之为无产阶级文学。它的使命就是革命。胡先生以一个年轻革命家的身份，毫无顾忌，勇往直前，公然在学生区摆上桌子，招收现代文艺研究会的会员。我是一个积极分子，当了会员，还写过一篇《现代文艺的使命》的文章，准备在计划出版的刊物上发表，内容现在完全忘记了，无非是一些肤浅的革命口号。胡先生的过激行动，引起了国民党的注意，准备逮捕他，他逃到上海去了，两年后就在上海龙华就义。

学期中间，接过胡先生教鞭的是董秋芳先生，他同他的前任迥乎不同，他认真讲课，认真批改学生的作文。他出作文题目，非常奇特，他往往在黑板上写上四个大字“随便写来”，意思就是让学生愿意写什么，就写什么。有一次，我写了一篇相当长的作文，是写我父亲死于故乡我回家奔丧的心情的，董老师显然很欣赏这一篇作文，在作文本每页上面空白处写了几个眉批:“一处节奏,又一处节奏。”这真正是正中下怀,我写文章,好坏姑且不论,我是非常重视节奏的。我这个个人心中的爱好,不意董老师一语道破,夸大一点说,我简直要感激涕零了。他还在这篇作文的后面写了一段很长的批语,说我和理科学生王联榜是全班甚至全校之冠,我的虚荣心又一次得到了满足。我之所以能毕生在研究方向迥异的情况下始终不忘舞笔弄墨,到了今天还被人称作一个作家,这是与董老师的影响和鼓励分不开的。恩师大德,我终生难忘。

我不记得高中是怎样张榜的。反正我在这最后一学年的两次考试中,又考了两个甲等第一,加上北园的四个,共是六连贯。要说是不高兴,那不是真话,但也并没有飘飘然觉得自己有什么了不起。

到了 1930 年的夏天,我的中学时代就结束了。当年我是 19 岁。

如果青年朋友们问我有什么经验和诀窍,我回答说:没有的。如果非要我说点什么不行的话,那我只能说两句老生常谈:“书山有路勤为径,学海无涯苦作舟。”“勤”“苦”二字就是我的诀窍。说了等于白说,但白说也得说。

怀念母亲

我一生有两个母亲：一个是生我的那个母亲；一个是我的祖国母亲。

我对这两个母亲怀着同样崇高的敬意和同样真挚的爱慕。

我六岁离开我的生母，到城里去住。中间曾回故乡两次，都是奔丧，只在母亲身边待了几天，仍然回到城里。最后一别八年，在我读大学二年级的时候，母亲弃养，只活了四十多岁。我痛哭了几年，食不下咽，寝不安席。我真想随母亲于地下。我的愿望没能实现。从此我就成了没有母亲的孤儿。一个缺少母爱的孩子，是灵魂不全的人。我怀着不全的灵魂，抱终天之恨。一想到母亲，就泪流不止，数十年如一日。如今到了德国，来到哥廷根这一座孤寂的小城，不知道是为什么，母亲频来入梦。

我的祖国母亲，我这是第一次离开她。离开的时间只有短短几个月，不知道是为什么，我这个母亲也频来入梦。

为了保存当时真实的感情，避免用今天的情感篡改当时的感情，我现在不加叙述，不作描绘，只从初到哥廷根的日记中摘抄几段：

1935 年 11 月 16 日

不久外面就黑起来了。我觉得这黄昏的时候最有意思。我不开灯，只沉默地站在窗前，看暗夜渐渐织上天空，织上对面的屋顶。一切都沉在朦胧的薄暗中。我的心往往在沉静到不能再沉静的氛围里，活动起来。这活动是轻微的，我简直不知道有这样的活动。我想到故乡，故乡里的老朋友，心里有点酸酸的，有点凄凉。然而这凄凉却并不同普通的凄凉一样，是甜蜜的，浓浓的，有说不出的味道，浓浓地糊在心头。

11 月 18 日

从好几天以前，房东太太就向我说，她的儿子今天家来，从学校回家来，她高兴得不得了。……但儿子只是不来，她的神色有点沮丧。她又说，晚上还有一趟车，说不定他会来的。我看了她的神气，想到自己的在故乡地下卧着的母亲，我真想哭！我现在才知道，古今中外的母亲都是一样的！

11 月 20 日

我现在还真是想家，想故国，想故国里的朋友。我有时简直想得不能忍耐。

11 月 28 日

我仰在沙发上，听风声在窗外过路。风里夹着雨。天色阴得如黑夜。心里思潮起伏，又想到故国了。

12 月 6 日

近几天来，心情安定多了。以前我真觉得二年太长；同时，在这里无论衣食住行哪一方面都感到不舒服，所以这二年简直似乎无论如何也忍受不下来了。

从初到哥廷根的日记里，我暂时引用这几段。实际上，类似的地方还有不少，从这几段中也可见一斑了。总之，我不想在国外待。一想到我的母亲和祖国母亲，就心潮腾涌，惶惶不可终日，留在国外的念头连影儿都没有。几个月以后，在 1936 年 7 月 11 日，我写了一篇散文，题目叫《寻梦》。开头一段是：

夜里梦到母亲，我哭着醒来。醒来再想捉住这梦的时候，梦却早不知道飞到什么地方去了。

下面描绘在梦里见到母亲的情景。最后一段是：

天哪！连一个清清楚楚的梦都不给我吗？我怅望灰天，在泪光里，幻出母亲的面影。

我在国内的时候，只怀念，也只有可能怀念一个母亲。现在到国外来了，在我的怀念中就增添了一个祖国母亲。这种怀念，在初到哥廷根的时候，异常强烈。以后也没有断过。对这两位母亲的怀念，一直伴随着我度过了在德国的十年，在欧洲的十一年。

我和北大

北大创建于1898年，到明年整整一百年了，称之为“与世纪同龄”，是当之无愧的。我生于1911年，小北大13岁，到明年也达到87岁高龄，称我为“世纪老人”，虽不中亦不远矣。说到我和北大的关系，在我活在世界上的87年中，竟有51年是在北大度过的，称我为“老北大”是再恰当不过的。由于自然规律的作用，在现在的北大中，像我这样的“老北大”，已寥若晨星了。

在北大五十余年中，我走过的并不是一条阳关大道。有光风霁月，也有阴霾蔽天；有“山重水复疑无路”，也有“柳暗花明又一村”，而后者远远超过前者。这多一半是人为地造成的，并不能怨天尤人。在这里，我同普天下的老百姓，特别是其中的知识分子，是同呼吸、共命运的，大家彼此彼此，我并没有多少怨气，也不应该有怨气。不管怎样，不知道有什么无形的力量，把我同北大紧紧缚在一起，不管我在北大经历过多少艰难困苦，甚至一度曾走到死亡的边缘上，我仍然认为我这一生是幸福的。一个人只有一次生命，我不相信什么轮回转生。在我这仅有的可贵的一生中，从“春风得意马蹄疾”的少不更事的青年，一直到“高堂明镜悲白发”的耄耋之年，我从未离开过北大。追忆我的一生，怡悦之感，油然而生，“虽九死其犹未悔”。

有人会问：“你为什么会有这样的感觉呢？”这个问题是我必须答复的。

记得前几年，北大曾召开过几次座谈会，探讨的问题是：北大的传统究竟是什么？参加者很踊跃，发言也颇热烈。大家的意见不尽一致，这是很自然的现象。我个人始终认为，北大的优良传统是根深蒂固的爱国主义。有人主张，北大的优良传统是革命。其实真正的革命还不是为了爱国？不爱国，革命干吗呢？历史上那种“你方唱罢我登场”的“以暴易暴”的改朝换代，应该排除在“革命”之外。

讲到爱国主义，我想多说上几句。现在有人一看到“爱国主义”，就认为是好事，一律予以肯定。其实，倘若仔细分析起来，世上有两类性质截然不同的爱国主义。被压迫、被迫害、被屠杀的国家或人民的爱国主义是正义的爱国主义，而压迫人、迫害人、屠杀人的国家或人民的“爱国主义”则是邪恶的“爱国主义”，其实质是“害国主义”。远的例子不用举了，只举现代的德国的法西斯和日本的军国主义侵略者，就足够了。当年他们把“爱国主义”喊得震天价响，这不是“害国主义”又是什么呢？

而中国从历史一直到现在的爱国主义则无疑是正义的爱国主义。我们虽是泱泱大国，那些皇帝们也曾以“天子”自命而沾沾自喜。实际上从先秦时代起，中国的“边患”就连绵未断。一直到今天，我们也不能说，我们毫无“边患”了，可以高枕无忧了。我们决不能说，中国在历史上没有侵略过别的国家或民族。但是历史事实是，绝大多数时间，我们是处在被侵略的状态中。我们有多少“真龙天子”被围困，甚至被俘虏，我们有多少人民被屠杀，都有史迹可考。在这样的情况下，我们中国在历史上出的伟大的爱国者之多，为世界上任何国家所不及。汉代的苏武，宋代的岳飞和文天祥，明代的戚继光，清代的林则徐，等等，至今仍为全国人民所崇拜。至于戴有“爱国诗人”桂冠的则更不计其数。难道说中国人的诞生基因中就含有爱国基因吗？那样说是形而上学，是绝对荒唐的。唯物主义者主张存在决定意识。我们祖国几千年的历史这个存在，决定了我们的爱国主义。

现在在少数学者中有一种议论说，在中国历史上只有内战，没有外敌侵入，日本、英国等的八国联军是例外。而当年的匈奴、突厥、辽、金、蒙、满等族的行动，只是内战，因为这些民族今天都已纳入中华民族大家庭中了。这种说法，我实在不敢苟同。这是把古代史现代化，没有正视当时的历史事实。而且事实上那些民族也并没有都纳入中华民族的大家庭中，一个显著的例子就摆在眼前：蒙古人民共和国赫然存在，你怎么解释呢？如果这种论调被认为是正确的话，中国历史上就根本没有爱国者，只有内战牺牲者。西湖的岳庙，遍布全国许多城市的文丞相祠，为了“民族团结”都应当立即拆掉。这岂不是天下最荒唐的事情！连汉族以外的一些人也不会同意的。我认为，我们今天全国 56 个民族确实团结成了一个中华民族的大家庭，这是空前未有的，这应该归功于中国共产党，归功于我们全体人民。为了建设我们的伟大祖国，我们全国各族人民，都应当像爱护自己的眼球一样，维护我们的安定，维护我们的团结，任何分裂的行动都将冒天下之大不韪。我们都应该向前看，不应当向后看，不应当再抓住历史上的老账不放。

这话说得有点远了，但是，既要讲爱国主义，这些问题都必须弄清楚的。

现在回头来再谈北大与爱国主义。在古代，几乎在所有的国家中，传承文化的责任都落在知识分子肩上。不管工农的贡献多么大，但是传承文化却不是他们所能为。如果硬要这样说，那不是实事求是的态度。传承文化的人的身份和称呼，因国而异。在欧洲中世纪，传承者多半是身着黑色长袍的神父，传承的地方是在教堂中。后来大学兴起，才接过了一些传承的责任。在印度古代，文化传承者是婆罗门，他们高居四姓之首。东方一些佛教国家，古代文化的传承者是穿披黄色袈裟的佛教僧侣，传承地点是在寺庙里。中国古代文化的传承者是“士”。士、农、工、商是社会上主要阶层，而士则同印度的婆罗门一样高居首位，传承的地方是太学、国子监和官办以及私人创办的书院。婆罗门和士的地位，都是他们自定的。这是不是有点过于狂妄自大呢？可能有的；但是，我认为，并不全是这样，而是由客观形势所决定的，不这样也是不行的。

婆罗门、神父、士等等都是知识分子，他们的本钱就是知识，而文化与知识又是分不开的。在世界各国文化传承者中，中国的士有其鲜明的特点。早在先秦，《论语》中就说过：“士不可以不弘毅，任重而道远。”士们俨然以天下为己任，天下安危系于一身。在几千年的历史上，中国知识分子的这个传统一直没变，后来发展成“天下兴亡，匹夫有责”。后来又继续发展，一直到了现代，始终未变。

不管历代注疏家怎样解释“弘毅”，怎样解释“任重道远”，我个人认为，中国知识分子所传承的文化中，其精髓有两个鲜明的特点：一个是我在上面详细论证的爱国主义；一个就是讲骨气，讲气节。换句话说也就是在帝王将相的非正义的行为面前不低头；另一方面，在外敌的斧钺面前不低头，“威武不能屈”。苏武和文天祥等等一大批优秀人物就是例证。这样一来，这两个特点实又有非常密切的联系了，其关键还是爱国主义。

如果我们改一个计算办法的话，那么，北大的历史就不是一百年，而是几千年。因为，北大最初的名称是京师大学堂，而京师大学堂的前身则是国子监。国子监是旧时代中国的最高学府，已有一千多年的历史，其前身又是太学，则历史更长了。从最古的太学起，中经国子监，一直到近代的大学，学生都有以天下为己任的抱负，这也是存在决定意识这个规律造成的。与其他国家的大学不太一样，在中国这样的大学中，首当其冲的是北京大学。在近代史上，历次反抗邪恶势力的运动，几乎都是从北大开始。这是历史事实，谁也否认不掉的。五四运动是其中最著名的一次。虽然名义上是提倡科学与民主，骨子里仍然是一场爱国运动。提倡科学与民主只能是手段，其目的仍然是振兴中华，这不是爱国运动又是什么呢？

我在北大这样一所肩负着传承中华民族的优秀文化的、背后有悠久的爱国主义传统的学府，真正是如鱼得水，认为这才真正是我安身立命之地。我曾在一篇文章中写过，我身上的优点不多，唯爱国不敢后人。即使我将来变成了灰，我的每一灰粒也都会是爱国的。这是我的肺腑之言。以我这样一个怀有深沉的爱国思想的人，竟能在有悠久爱国主义传统的北大几乎度过了我的一生，我除了有幸福之感外，还有什么呢？还能何所求呢？

漫谈北大派和清华派

这里讲的“派”不是从政治上来讲的，而是从学术上，从学风上。

我是清华的毕业生，又在北大工作了半个多世纪，我自信对这两所最高学府是能够有所了解的。因此，让我来谈一谈两校学风的异同问题，我还是有点资本的。

我脑筋里从来就没有考虑过两校的学风问题。原因是自从1952年进行院系调整以来，清华已经成为一所工科大学，北大仍然保留综合大学的地位。以工科而谈学风，盖已难矣。可是，我前不久偶然在一个什么杂志或报纸上读到了一位学者的文章，他是最近几年来清华恢复文科院系以后到清华去任教的，他是人文社会科学专家，是有资格谈学风的。我因为病目，不良于视，只是大体上翻了翻这一篇文章，记得内容只是谈清华学派的，其中列举了一大串学者的名字，好像都是老清华的。作者的用意大概是，这些学者组成了“清华学派”。这些人名我基本上都是熟悉的。看了这一张人名榜，我第一个想法就是：作者对于这一些人似乎有点隔膜。其中有一些是六十多年前我在清华读书时的教授，我对他们是了解的。在当时学生心目中，他们不过是半教授半政客的“双栖学者”，我们根本不知道他们有什么有独到见解的为内行人所承认的学术著作。因此，我直觉地觉得，即使真有一个“清华学派”的话，里面也很难有他们的座位。

那一篇文章我并没有看完，便置诸脑后，以后也再没有想这个问题。

但是，后来听说，北大的一些年轻教员对于这个问题颇感兴趣。他们先准备召开一次座谈会，后来又改为用笔谈的形式来各抒己见。守常约我参加，我答应他也来凑个热闹。

北大和清华有没有差别呢？当然有的。据我个人的印象，在过去相当长的时间内，在国内和国际上的地位方面，在对中国教育、学术和文化的贡献方面，两校可以说是力量匹敌，无从轩轾。这是同一性。但是，在双方的风范——我一时想不出更确切的词儿，姑且用之——方面，却并不相同。如果允许我使用我在拙文《门外中外文论絮语》中提出来的文艺批评的话语的话，我想说，北大的风范可用人们对杜甫诗的评论“沉郁顿挫”来概括，而对清华则可用杜甫对李白诗的评价“清新俊逸”来概括。这是我个人的印象，但是我自认是准确的。至于为什么说是准确，则决非三言两语能够解释清楚的，这个问题就留给大家去揣摩吧。

这是就一般的风范来说的。至于学风，则愧我愚陋，我实在看不出有什么差别。首先一个问题我就解决不了，根据什么来划分北大学派和清华学派？根据人嘛，是从北大或清华毕业的人才算是北大学派或清华学派呢？抑或是在北大或清华任教的人才算是北大学派或清华学派呢？有的人是从北大毕业然而却在清华教书，或者适得其反，他算是什么学派呢？这样的人，我无法去统计，然而其数目却是相当大的。

根据学术著作的内容嘛，这也不行。著作内容，比如说中国哲学史，每一个学者，只要个人愿意，都能研究，决不会有什么北大学派或清华学派。根据学术风格嘛，几乎每一个学者都有自己的风格，不但北大、清华如此，南开、复旦等校又何独不然！

北大和清华，由于历史渊源关系，教授互相兼课的很多，两校教授成为朋友的更多，关系错综复杂，难以寻出一条线索把他们分为两派。只要是北大的教授，就属于北大学派。只要是清华的教授，就属于清华学派。这是一种过分简单化的做法，什么问题也不解决。

总之，我认为，从学术上来讲，根本没有什么北大学派和清华学派。

中国的民族性

我一向认为，世界上不同的民族都有不同的民族性。那么，我们中华民族怎样呢？我们中华民族当然不能例外。

中华民族是一个伟大的民族，勤劳、勇敢、智慧，对人类做出了巨大的贡献。这是谁也否认不掉的。我自以生为中国人为荣，生为中国人自傲。如果真正有轮回转生的话，我愿生生世世为中国人。

但是——一个很大的“但是”，环视我们四周，当前的社会风气，不能说都是尽如人意的。有的人争名于朝，争利于市，急功近利，浮躁不安，只问目的，不择手段。大抢大劫，时有发生；小偷小摸，所在皆是。即以宴会一项而论，政府三令五申，禁止浪费，但是令不行，禁不止，哪一个宴会不浪费呢？贿赂虽不能说公行，但变相的花样却繁多隐秘。我很少出门上街，但是，只要出去一次，必然会遇到吵架斗殴的。在公共汽车上，谁碰谁一下，谁踩谁一脚，这是难以避免的事，只需说上一句“对不起！”就可以化干戈为玉帛;然而，“对不起！”“谢谢！”这样的词儿，我们大多数人都不会说了，必须在报纸上大力提倡。所有这一切，同我国轰轰烈烈、红红火火的伟大建设工作，都十分矛盾，十分不协调。同我们伟大民族的光荣历史，更是非常不相称。难道说我们这个伟大民族“撞”着什么

“客”了吗？

鲁迅先生是最热爱中华民族的，他毕生用他那一支不值几文钱的“金不换”剖析中国的民族性，鞭辟入里，切中肯綮，对自己也决不放过。当你被他刺中要害时，在出了一身冷汗之余，你决不会恨他，而是更加爱他。可是他的努力有什么结果呢？到了今天，已经“换了人间”，而鲁迅点出的那一点缺点，不但一点也没有收敛，反而有增强之势。

有人说，这是改革开放大潮社会转轨之所致。我看，恐怕不是这个样子。前几年，我偶尔为写《糖史》搜集资料读到了一本 19 世纪中国驻日本使馆官员写的书，里面讲到这样一件事。这一位新到日本的官员说：他来日本已经数月，在街上没有看到一起吵架的。一位老官员莞尔而笑，说：我来日本已经四年，也从来没有看到一起吵架的。我读了以后，不禁感慨万端。不过，我要补充一句：日本人彬彬有礼，不吵架，这十分值得我们学习。对广大日本人民来说，这是完全正确的。但是对日本那一小撮军国主义侵略分子来说，他们野蛮残暴，嗜血成性，则完全是另一码事了。

不管怎样，中国民族性中这一些缺点，不自改革开放始，也不自建国始，更不自鲁迅时代始，恐怕是古已有之的了。我们素称礼义之邦，素讲伦理道德，素宣扬以夏变夷，然而，其结果却不能不令人失望而且迷惑不解。难道我们真要“礼失而求诸野”吗？这是我们每一个中国人所面临的而又必须认真反省的问题。

温馨，家庭不可或缺的气氛

大千世界，芸芸众生，除了看破红尘出家当和尚的以外，每一个人都会有一个家。一提到家，人们会不由自主地漾起一点温暖之意，一丝幸福之感。

不这样也是不可能的。不管是单职工还是双职工，白天在政府机构、学校、公司、工厂、商店等等五花八门的场所工作劳动，不管是脑力劳动，还是体力劳动，都会付出巨大的力量，应付错综复杂的局面，会见性格各异的人物，有时会弄得筋疲力尽。有道是:“不如意事常八九。”哪里事事都会让你称心如意呢？到了下班以后，有如倦鸟还巢一般，带着一身疲惫，满怀喜悦，回到自己家里。这是一个真正的安身立命之处，在这里人们主要祈求的就是温馨。有父母的，向老人问寒问暖，老少都感到温馨；有子女的，同孩子谈上几句，亲子都感到温馨；夫妻说上几句悄悄话，男女都感到温馨。当是时也，白天一天操劳身心两方面的倦意，间或有心中的愤懑，工作中或竞争中偶尔的挫折，在处理事务中或人际关系中碰的一点小钉子，如此等等，都会烟消云散，代之而兴的是融融的愉悦。总之，感到的是不能用任何语言表达的温馨。

你还可以便装野服，落拓形迹。白天在外面有时不得不戴着的假面具，完全可以甩掉。有时不得不装腔作势，以求得能适应应对进退的所谓礼貌，也统统可以丢开，还你一个本来面目，圆通无碍，纯然真我。天下之乐宁有过于此者乎？所有这一切都来自家庭中真正的温馨。

但是，是不是每一个家庭都是温馨天成、唾手可得呢？不，不，决不是的。家庭中虽有夫妻关系、亲子关系、血缘关系，但是，所有这一些关系，都不能保证温馨气氛必然出现。俗话说，锅碗瓢盆都会相撞。每个人的脾气不一样，爱好不一样，习惯不一样，信念不一样，而且人是活人，喜怒哀乐，时有突变的情况，情绪也有不稳定的时候，特别是在自己的亲人面前，更容易表露出来。有时候为一点芝麻绿豆大的小事，也会意见相左，处理不得法，也能产生龃龉。天天耳鬓厮磨，谁也不敢保证这种情况不会发生。

那么，我们应当怎么办呢？就我个人来看，处理这样清官难断的家务事，说难极难，说不难也颇易。只要能做到“真”“忍”二字，虽不中，不远矣。“真”者，真情也；“忍”者，容忍也。我归纳成了几句顺口溜：相互恩爱，相互诚恳，相互理解，相互容忍，出以真情，不杂私心，家庭和睦，其乐无垠。

有人可能不理解，我为什么把容忍强调到这样的高度。要知道，容忍是中华美德之一。我们的往圣先贤，大都教导我们要容忍。民间谚语中，也有不少容忍的内容，教人忍让。有的说法，看似消极，实有积极意义，比如“忍辱负重”，韩信就是一个有名的例子。《唐书》记载，张公艺九世同居，唐高宗问他睦族之道，公艺提笔写了一百多个“忍”字递给皇帝。从那以后，姓张的多自命为“百忍家声”。佛家也十分强调忍辱之要义，经中有很多忍辱仙人的故事。常言道:“小不忍则乱大谋。”在家庭中则是“小不忍则乱家庭”。夫妻、父母、子女之间，有时难免有不同的意见，如果一方发点小脾气，你让他（她）一下，风暴便可平息。等到他（她）心态平衡以后，自己会认错的。此时，如果你也不冷静，火冒三丈，轻则动嘴，重则动手，最终可能告到法庭，宣判离婚，岂不大可哀哉！父母兄弟姊妹之间，也有同样的情况。结果，一个好端端的家庭，会弄得分崩离析。这轻则会影响你暂时的情绪，重则影响你的生命前途。难道我这是危言耸听吗?

总之，温馨是家庭不可或缺的气氛，而温馨则是需要培养的。培养之道，不出两端，一真一忍而已。

几件小事

以纲兄（张维）日前来舍下，告诉我，留德同学准备出一本回忆留学德国时的情景的书。这让我立即又回忆起六七十年以前的留德往事，一股温馨的热流注满胸中，认为这是一件十分有意义的事，没有丝毫迟疑，就应允奉陪。若干年前，我曾出版过一本《留德十年》，颇受到读者的欢迎。在留德同学中，这样的书还是不多见的。不管我的笔墨是如何拙劣，我的情感却是不折不扣的真实的。我以有这样一本书而感到自慰。全书十多万字，自谓已颇详尽。但今天再看，挂万漏一的现象，还是有的。我对德国师友怀念感激之情，对德国人民钦佩之心，并没能完全写尽。现在有了这样一个弥补的良机，我乐不可遏，立即拿起笔来，写出几件小事。

一个盛刮胡子刀架的塑料盒

我于 1935 年夏天到了德国的柏林，临时在大街上一个小杂货铺里买了一个盛刮胡子刀片架的小盒，颜色是深紫的，非木非金属，大概也是一种什么塑料制成的，并不起眼儿，决非名牌，我临时急需，顺便买来而已。

可是我万万没有想到，就是这样一个我并不特别重视的小盒，竟陪伴了我六十多年，到现在我仍然天天用它，它仍然是完好无缺，没有变形，没有损坏。我日常使用的钢笔、小刀之类的东西，日常服用的衣、裤、鞋、袜等等，早已不知道换了多少代了，独独这一个小盒子却赫然在目，仍然像六十多年以前那样，天天为我服务。

这个小盒子是见过大世面的。它在德国陪了我整整十年，在瑞士陪了我半年，又陪我经过法国和越南回到祖国。我在亚洲到过许多国家，四下日本，五赴印度，两访韩国，至于香港和澳门都曾留下我的游踪。非洲我走过大半个，短期的出国，以及在国内的旅行，更无法统计次数。衣服屡屡更换，用品常常翻新，以不变应万变者，唯此一个小盒。

对于这样一个事实，我最初并没有感觉到。1965 年，我在农村中搞“四清”。有一天，小盒忽然不见了，我急得满头大汗，怀疑是房东小孩由于好奇拿去玩了。后来忽然又神奇地找到了它，心中大喜。从此我才意识到它对于我的重要性。“十年浩劫”中，我自己跳出来，一跳就跳进了牛棚。在牛棚中，自己的性命就悬在牢头禁子的长矛尖上，谁还有胆量和兴致去刮胡子。囚首丧面，古有明训，胡子拉碴，习以为常，同我的小盒子真是久违久违了。一想起来，心里就不是滋味。到现在又已过去了三十多年，而小盒仍然在我的洗脸盆中。一看到它，心里就有说不出的温暖。我这位终生陪伴我的老友，忽然变得大了起来，大到充天地塞宇宙。它是我这个望九老人一生坎坎坷坷的见证人。

写到这里，我自己也觉有点好笑起来。我这不是博士买驴，满纸三张，不见“驴”字了吗？其实，我的“驴”字是非常清楚的。试问世界上有哪一个国家能够制造出一件微不足道的器物而能六七十年不变形不磨损的？我敢说：没有！没有！在这一件小事儿的背后隐藏着的是德国民族的伟大与真诚。在当今全世界大声吆喝争创名牌的喧嚣声中，一个沉默不语的德国制的小盒子，给了我们最高的启示。

零　修

零修业务是在中国常见的一个行当，一说大家就明白。居家过日子，马桶跑水了，水龙头滴水了，门窗什么地方破坏了，电灯出了毛病了，如此等等，谁家都难以避免。所以，每一个学校，每一个机关，几乎都有主管零修的机构，或组或科，名称不一，作用则是相同的，而且有的还是昼夜值班，可见它的重要，不可或缺。

然而，我在德国住了整整十年，时间不可谓短，我可从来没有见过“零修”这个词儿，也从来没有碰到零修这种事儿。我住在德国人家里，一切设备全是现成的。这一间房子本来是房东老夫妻俩的独生子住的。高中毕业后，儿子到外地一个工学院去念读，房间空下来了，于是就出租。儿子使用的设备，一应俱全，一件没动，我就住在里面。一切杂务全由女房东一个人操作，包括铺床叠被、洗衣服、擦皮鞋等等，每天还给我做一顿晚餐。

哥廷根是一座大学城，人口只有十万，而学生往往就占二三万。学校没有宿舍，除了一些名目繁多的学生会自己有房子外，学生都住在老百姓家里。并不是由于房东缺钱花。德国人俭朴务实，只要房子一空，他们就出租给学生，连收入十分优厚的教授之家也不例外。教授夫人有很高的社会地位，她们家里如果把房间出租给学生，她也照样给学生打扫房间，擦皮鞋，给楼道的地板打蜡。我没有听到有哪一家教授请保姆的。

我想要说的重点不是这一些，以上一些话只不过是想说明租房的背景。我想说的是：在十年之内，我从来没有看到房东家里玻璃破过，没有看到水龙头滴水，也没有看到马桶出过什么毛病，煤气灶漏过气，等等。总之一句话，没有见到房东叫过零修工，社会上也没有这一行。

这样细小的事情，“当时只道是寻常”，从来没有考虑过。现在回想起来，又不禁大吃一惊。同上面说的那一个装刮胡子刀架的小盒子一样，这一件小事不是也十分值得我们反思吗？

关于日本的一些回忆

我出生在山东西北部穷乡僻壤的清平县（现归临清），在济南长大。从小就听到一些山东东部传来的关于日本浪人的杀人放火、无恶不作的信息。当时我还不知道，对一个国家的人民要区别良莠、善恶。我对整个日本就怀有恶感。

1928 年，日本军国主义分子悍然出兵，占领了从青岛到济南的整个胶济铁路，包括济南在内。当时我正在北园白鹤庄念高中。鬼子一进城，只好关门停学，我在家里晃荡了一年。当年一个“骡”字给我争取到的一年的时间，现在又白白地赔上了。

这一年，我过的是地地道道的亡国奴的日子。有一次，我走进新东门。走出第一个门洞的时候，迎面来了一个日本兵，手端刺刀。我幸亏了头脑还清楚，没有躲开。这个鬼子兵命令我站住。他在我身上到处摸索。问我是干什么的。我答话说，是学徒的。他狞笑了一声，说：“你说谎！你是学生。你腰里这一根皮带就是证明。”俗话说：“秀才遇到兵，有理说不清。”我连忙否认，幸好他纠缠时间不长，便一摆手把我放行了。

另一次，忽然听说，鬼子兵在远的一条街上查户口，估计要到我们这条街上来的。当时我们家是一个大杂院，住着四户人家，人口二十多个。一听鬼子要来，等于听到瘟神要来一样，整个院子里像开了锅。大家你一言，他一语，说个不停。最后归结成大门开关的问题。主张敞开大门的人说，大门本来是敞开的，现在仍然敞开，顺其自然，不会引起怀疑。主张关上大门的人说，这会引起怀疑：你好大的胆子，怎么敢大开两扇门！于是关敞两派展开了激烈的辩论。看样子双方都动了真感情：面红耳赤，唾沫乱飞。结果鬼子兵并没有到我们家来，他们到邻近的几条街上去查户口了。“月黑雁飞高，单于夜遁逃。”“单于”早就不知道逃到什么地方去了。然而我们家的辩论，情绪却越来越高。直到后来，两方说话都语无伦次，胡说八道了，声嘶力竭了，才不得不罢兵。

以上讲的是我当亡国奴一年的心路历程和实际活动，以及我身边人的一些活动。在我们的心目中，日本人都是鬼头鬼脑的，日本不会有老实巴交的人。在这样的情况下，要我们对日本有什么好感，真是戛戛乎难矣哉。

我进一步再考虑，就接触到许多具体的问题。比如日本的明治维新。我不是研究日本问题的专家，对一些重要事件只有表面的了解。对明治维新的了解，就属于这一类。其实明治维新运动，对中、日、欧美的文化交流关系，对于西方科技传入中国的过程，有极大的影响。在东方，真正开始接受西方文化的是日本，而不是中国。当时的中国还糊涂一团，“长夜漫漫何时旦？”中国天朝大国之尊正酣。清末民初，西方文化开始大量传入中国，最初并不是中国人的努力，也不是西方人的意图，而是通过日本。对于辛亥革命，日本也有过帮助。革命领袖孙文和黄兴，特别是后者，都曾在日本活动过。反清志士大学者章太炎也曾在日本讲学多年。

我在上面讲到的几点日本对中国的帮助，决不是日本军国主义分子、法西斯主义分子等等变形的浪人所乐意看到的。这些事情之所以能够发生，全是由事物发展辩证规律所决定的。正如马克思论英国在印度的统治时讲到的，英国殖民主义分子在印度修铁路，完全是为了运兵、运货方便，决不是为了印度人民的福利。然而印度人民通过这一件事也得到了某些好处。

我们平常看问题几乎全用形而上学的办法，说好就全好，说坏就全坏，缺乏辩证观点。

中国有一句俗话：百闻不如一见。要想真正了解日本，隔岸观火式地从远处看上几眼，是远远不够的。

在最近二十年多一点的时间内，我访问日本三次。我恍然大悟：原来日本并不像我长期以来想象的那样子。同别的国家一样，同中国也一样，这里有好人和坏人，而好人还占大多数。

日本有没有民族性呢？当然有的。只要是一个民族，就都有民族性。那么，日本的民族性是什么呢？关于这个问题，我从年轻起就非常关心，自己殚精竭虑去思考，也曾注意别人的一些看法：比如，把日本与欧洲的德国相比。其中不能说，没有一点合理的地方。但是，据我看，都是些皮相之论，没有触及要害。把日本同德国相比，不是没有根据的。两国都是伟大的国家，把勤劳、智慧、勇敢融为一体，发展了自己的文化。但是，倘若进一步追究，则两国却有极大的差别。近几百年以来，德国出了很多世界级的大家：马克思主义创始者马克思和恩格斯，伟大的文学家歌德，伟大的哲学家康德、黑格尔，伟大的音乐家贝多芬，如此这般，还可以举出几个来。试问：这样的人物日本有吗？说老实话，日本过去没有，现在也没有。至于将来如何，我们现在先不忙着去说吧！

时间在前进，时代在变化。人们应该变得比较聪明一点了。当年在“斗斗斗”的叫嚣声中，我曾冒着戴修正主义帽子的风险，坚持我的“天人合一”的主张。现在，世事的发展证明了我的见解是正确的。现在，社会上流行着“和谐”一词儿，同我一向的见解是完全合拍的。我觉得，“和谐”是一个好词儿。全世界人民都希望和谐，不喜欢矛盾和冲突，我更是其中的积极分子。不管日本在过去留下了多少不愉快的回忆，我总能正确对待的。标准只有一个，就是和谐。

但是，我还是有一点忧心忡忡，和谐不是一个人、一个民族、一个国家的事情，必须大家认识一致，共同协力才能达到。当前的日本首相，不顾中韩等国的政府和人民的反对，执意朝拜靖国神社，这能让世界人民放心吗？